Kerberos

켈베로스

1판 1쇄 찍음 2015년 2월 12일
1판 1쇄 펴냄 2015년 2월 17일

지은이 | 임준후
펴낸이 | 정 필
펴낸곳 | 도서출판 **뿔미디어**

편집장 | 이재권
기획 · 편집 | 윤영상

출판등록 | 2002년 9월 11일 (제1081-1-132호)
주소 | 경기도 부천시 원미구 소향로 17번길(두성프라자) 303호 (우)420-864
전화 | 032)651-6513 / 팩스 032)651-6094
E-mail | bbulmedia@hanmail.net
홈페이지 | http://bbulmedia.com

값 8,000원

ISBN 979-11-315-6124-9 04810
ISBN 979-11-315-1140-4 04810 (세트)

Kerberos

8 켈베로스

BBULMEDIA FANTASY STORY

임준후 현대 판타지 장편 소설

목차

제1장

'반년 정도밖에 지나지 않았는데, 몇 년 만에 돌아온 기분이로군.'

　강남 시외버스 터미널을 벗어난 이혁은 거리를 뒤덮은 화려한 네온사인이 이상하게 낯설어서 쓴웃음을 머금었다.

　대전도 큰 도시였다. 하지만 규모와 번화함만을 놓고 보면 서울과 비교하기 어려웠다. 강남에 견줄 만한 번화가는 없는 것이다.

　쓴웃음은 금방 사라졌다.

　지난 반년의 기간 동안 그는 대전이 나름의 매력을 가진 정말 멋진 도시라는 걸 잘 알게 되었다.

　그런 도시를 군이 서울과 비교할 필요는 없는 것이다.

'서울엔 오 여사님 하숙집도 없고…….'

없는 게 그뿐이랴.

'…영주, 상우, 덕성이, 채현, 미지, 오씨 자매도 없지.
그리고 수하도…….'

흔히 보기 힘든 개성의 소유자들인 그들의 모습이 파노
라마처럼 그의 눈앞을 스쳐 지나갔다.

'망치를 빠뜨렸다고 서운해 하려나.'

편정호의 짧고 굵은 목과 두터운 어깨도 생각났다.

이혁의 눈가에 희미한 온기가 맺혔다.

대전은 반년이라는 짧은 시간 동안 그에게 십몇 년을
산 서울보다도 많은 인연과 추억을 만들어주었다.

평범하게 살 수 있다면, 그는 미련 없이 대전에 터를
잡을 의향이 있었다.

'언젠가 내게도 그런 날이 올까……?'

최근 여러 차례 반복되는 질문이다.

그의 입가에 다시 쓴웃음이 떠올랐다.

질문에 대한 대답이 긍정적이 아니라는 걸 인정하지 않
을 수 없는 현실이 그를 씁쓸하게 만든 것이다.

그의 얼굴에서 미소가 사라졌다.

성큼성큼 걸음을 내딛는 그의 눈빛이 깊고 강하게 빛났
다.

'일을 앞에 두고 잡념은 금물. 오늘 밤 놈을 잡는다.'

빛이 밝으면 어둠도 깊은 법.

그의 긴 그림자가 화려한 네온사인이 만들어낸 짙은 그늘 속으로 녹아들어 갔다.

*   *   *

"입금이 확인되는 즉시 움직이겠소."

사내의 목소리는 귀를 기울여야 들을 수 있을 만큼 작았다. 하지만 소프라노처럼 날카로운데 이상할 정도로 저음이어서 듣는 이의 가슴을 섬뜩하게 만들었다.

상대가 전화를 끊은 걸 확인한 사내는 핸드폰의 본체와 뚜껑을 나누어 잡고 힘을 주었다.

콰직.

연결 고리가 부서진 핸드폰이 고물로 변했다.

사내는 인도에 놓여 있는 휴지통에 폐물이 된 핸드폰을 집어던졌다. 그리고 연료통 위에 올려놓았던 검은 헬멧을 썼다.

투둥. 투둥.

시동을 걸자 할리 데이비슨 특유의 말발굽 소리와 육중한 진동이 그의 몸을 휘감았다.

만세 핸들이라고 부르는 어깨 높이까지 올라간 핸들의 손잡이를 잡은 손에 힘이 저절로 들어갔다.

그는 이 진동과 배기음에 중독된 할리 마니아였다.

'대어야. 간만에 손맛을 느낄 수 있겠군, 후후후.'

헬멧 속에서 흥분으로 붉게 충혈된 그의 눈이 음산한 빛을 발했다.

*   *   *

"지시는 했나?"

창밖으로 서울의 야경을 내려다보고 있던 남자가 뒤도 돌아보지 않고 물었다.

그는 보통 키에 감색 슈트 정장 차림이었는데 단정한 가운데 위엄이 있었다.

많은 사람을 손끝으로 부린 세월이 길지 않다면 뒷모습 만으로 저런 분위기를 만들어내지 못한다.

남자의 뒷모습을 향해 고개를 숙인 송만수가 정중하게 대답했다.

"예, 사장님."

"그의 신분은 평범하지 않아. 더구나 장막 뒤에서만 활 동하다가 최근 대전 무역전시관 일을 지휘하면서 많이 유 명해졌어. 그가 갑자기 죽는다면 관심을 가질 사람들이 적지 않을 거야. 언론에서도 주목할 것이고 말이지. 그런 데… 회장님께서는 세상이 시끄러워지는 걸 원치 않으셔.

그에 대한 아주 작은 관심도 회장님을 불쾌하게 만들 거 야."

송만수는 조금도 지체하지 않고 남자의 말을 받았다.

"그 점은 염려하지 않으셔도 될 겁니다. 그의 죽음은 살인이 아니라 급사로 알려질 것입니다. 레클루즈는 십여 년 동안 전 세계를 돌아다니며 청부를 처리한 프로 히트 맨입니다. 주특기가 독살이고 그가 사용하는 독은 사망 후 30분이 지나면 혈액에서도 채취가 되지 않는 것이라 지금까지 어떤 수사기관에서도 그를 용의선상에 올린 적 이 없을 정도입니다, 사장님."

남자는 잠시 말이 없었다.

송만수는 긴장했다.

남자는 완벽주의자여서 아주 작은 실수라도 용납하지 않는 사람이었다.

실수에 대한 대가는…….

그것을 잘 아는 송만수였기에 그는 남자의 침묵에 숨이 막힐 것만 같은 긴장감을 느끼고 있었다.

남자가 다시 입을 연 것은 송만수의 이마에 조금씩 식 은땀이 배어 나올 때 즈음이었다.

"그의 죽음은 반드시 부검으로 이어질 거야. 사인을 밝 히지 않은 채 장례를 치르기엔 그가 갖는 정치적 무게가 만만찮으니까. 현장에 도착할 경찰과 검찰, 부검을 맡은

국과수의 검시관들에게도 손을 써놔."

송만수는 속으로 길게 숨을 내쉬었다.

남자의 지시는 어렵지 않았다.

지난 반세기 동안 그가 속한 조직은 이 나라의 모든 분야에 협조적인 사람들을 다수 만들어냈다.

남자가 언급한 기관에도 그런 사람들이 있었다.

그가 입을 열었다.

"신경 쓰실 일이 없도록 조치하겠습니다, 사장님."

"나가봐."

"예."

짧게 대답한 송만수는 허리를 숙여 인사를 하고 등을 돌렸다.

송만수가 방을 나가고 난 직후 남자는 핸드폰을 들고 저장된 번호를 눌렀다.

몇 번의 신호가 들리고 나서 상대가 전화를 받았다.

[무슨 일인가?]

핸드폰 너머에서 50대가 넘어 보이는, 하지만 활력이 가득한 목소리가 들려왔다.

"그에 대한 작업이 시작되었습니다, 회장님."

송만수가 보았다면 눈이 휘둥그레졌을 만큼 공손한 어조였다.

[디데이는?]

"내일입니다."

[적잖이 신경 쓰이던 참이었는데, 잘했네.]

상대는 유쾌한 듯 목소리가 조금 커졌다.

그가 말을 이었다.

[교수를 실각시키는 작업도 카운트다운만 하면 되는 상태였지?]

"예, 회장님. 그의 사망이 확인되면 교수 실각 건은 전격적으로 처리될 예정입니다."

충분한 준비가 되어 있었기에 대답하는 남자의 목소리에는 자신감이 실려 있었다.

상대방도 그것을 느낀 듯 목소리가 부드러워졌다.

[그래야 할 거야. 그에게 생각할 여유를 주면 안 되니까. 무섭지는 않아도 우리를 귀찮게 만들 능력 정도는 있는 사람이니까.]

"차질이 없게 진행시키겠습니다."

[믿겠네.]

전화가 끊어졌다.

핸드폰을 옆에 있는 와인 테이블 위에 올려놓은 사내는 천천히 뒷짐을 졌다.

중요한 사안들을 진행하고 있었지만 서울의 야경을 내려다보는 그의 눈에 긴장된 기색은 떠올라 있지 않았다.

몇 년 전 치렀던 마지막 전쟁이 끝난 이후로 그가 긴장할 만큼 의미 있는 사건은 발생한 적이 없었다.

                    *   *   *

"혁이는?"

걱정스런 어투로 묻는 사람은 하숙집 주인 오 여사였다.

현관문으로 들어서는 미지와 채현을 본 오 여사는 그들의 어깨너머를 훑었지만 이혁이 함께 오지 않은 걸 알고 걱정이 된 것이다.

미지와 채현은 약속이라도 한 것처럼 고개를 가로저었다.

채현이 대답했다.

"점심시간 이후로 보이지 않아요. 영주 오빠 말로는 급한 일이 있다면서 나갔다는데⋯⋯."

"급한 일이요? 늘 천하태평한 오빠한테 무슨 급한 일이 생겼다는 거예요?"

소파에 앉아 있던 지수가 채현에게 물었다.

채현은 이번에도 고개를 저었다.

"나도 모르겠어. 영주 오빠도 모르는 것 같고."

미지와 채현은 오 여사의 맞은편 소파에 앉았다.

다들 걱정스런 얼굴이었지만 예외도 있었다.

그 예외에 속하는 소녀, 지윤이 입을 열었다.

"건강이 돌아왔다고 또 어디 가서 사고치고 있겠지."

오 여사가 지윤을 흘겨보며 말했다.

"심장이 좋지 않아서 요양하고 왔다는 걸 알고 있으면서 그렇게 말하면 쓰겠니?"

"난 그 말도 안 믿어."

지윤의 대답은 매몰찼다.

그녀가 말을 이었다.

"바늘도 들어가지 않을 것 같은 그 단단한 몸에, 수백 명 학생들을 혼자서 찜쪄먹는 체력과 무술까지 겸비하고 있는 남자가 심장이 나빠서 요양했다는 말을 엄마는 믿어? 차라리 지수를 다리 밑에서 주워 왔다는 말을 믿겠다."

"……."

사실 오 여사도 시은이 했던 말을 온전히 믿었던 건 아니라서 지윤의 말에 대꾸하기가 쉽지 않았다.

대신 지수가 나섰다.

"왜 거기서 내가 나와! 언니가 오빠 아프다고 했잖아. 아프다면 아픈 거지 뭘 믿고 말고 해. 그럼 시은 언니가 우리한테 거짓말을 했다는 거야!"

벌떡 일어나 버럭 지르는 지수의 일갈(?)에 지윤은 입을 다물었다.

그녀는 이혁을 믿지 않았지만 시은은 믿었다. 믿는 걸 넘어서 시은은 자신의 롤모델이었다. 그래서 시은이가 거짓말을 한 거냐는 지수의 추궁에 고개를 끄덕이는 건 정말 내키지 않았다.

미지는 등을 소파에 기대며 고개를 뒤로 젖혔다. 축 늘어진 그녀가 입을 열었다.

"그 자식은 만날 사람들을 걱정시켜. 어디 가서 칼이나 맞고 다니지 않았으면 다행이지……."

"헉!"

오 여사의 반응.

"칼?"

사색이 된 채현.

"히끅."

딸꾹질을 하는 지수.

가뜩이나 커다란 눈을 둥그렇게 뜬 지윤.

미지는 자신이 말실수 했다는 걸 깨달았다.

그녀는 서울에서 이혁과 함께 있을 때 그가 싸우는 경우를 종종 봐서 별 부담 없이 한 말이었다.

하지만 이 자리에 있는 평범한 여자들에게 칼은 두려운 대상이었다. 그녀는 그걸 잠시 잊었던 것이다.

실수에 놀란 그녀가 척추를 꼿꼿이 세웠다. 그녀의 귀밑에 굵은 땀방울이 맺혔다.

"농담이에요, 농담!"

그녀는 손사래를 치며 말을 이었다.

"너무 걱정하지 않아도 될 거예요. 태평양 한가운데 빠뜨려도 살아 돌아올 사람이 걔니까요."

진정시키려 한 말인데 거실의 분위기는 더욱 싸늘해졌다.

그녀의 귀밑에 매달린 땀방울이 커졌다. 그녀가 당황한 기색으로 말했다.

"아… 뭐… 그렇다고 정말 태평양 한가운데 빠졌을 거라는 건 아니고요……."

어물거리는 그녀를 보다 못한 오 여사가 나섰다.

"다들 안 좋은 쪽으로 너무 상상을 진행시키지 말자꾸나. 언제나 그랬던 것처럼 혁이는 터벅거리며 돌아올 거야. 그러니까 저녁 먹자."

그녀의 시선이 미지와 채현에게 닿았다.

그녀는 미소를 지으며 말했다.

"너희들 오면 같이 먹겠다고 지윤이하고 지수도 아직 저녁 안 먹었어."

분위기를 바꾸려는 오 여사의 노력을 느낀 미지와 채현도 속마음과는 달리 억지로 미소를 지었다.

그녀들은 자리에서 일어났다.

"씻고 올게요."

미지와 채현은 방으로 가서 바쁘게 옷을 갈아입고 간단하게 손을 씻은 후 식탁으로 갔다.

기다리는 사람들이 있었기에 그녀들의 움직임은 번갯불에 콩 구워먹을 만큼 빨랐다.

그녀들은 소파에서 기다리던 오 여사네 가족과 함께 식탁 주변에 둘러앉았다.

환한 얼굴로 이야기를 하며 자리에 앉은 여인들의 시선이 식탁 중앙을 향했다. 그곳에는 따뜻한 김을 뿜어 올리고 있는 된장찌개가 놓여 있었다.

오 여사가 신경 써서 만든 음식이었지만 그것을 본 순간 소녀들의 얼굴에서 미소가 사라졌다.

소녀들의 기색을 본 오 여사는 난감해졌다.

'아······.'

그녀는 속으로 한숨을 내쉬었다.

된장찌개는 이혁이 가장 좋아하는 음식이었던 것이다.

*   *   *

거대한 빌딩들이 숲을 이룬 역삼동의 번화가.

이혁은 커피숍 창가에 앉아 도로 건너편의 25층 건물을 올려다보고 있었다.

밤이 깊어 시간은 11시를 향해가고 있었다. 하지만 휘황한 네온사인이 번쩍거리는 거리는 오히려 낮보다 더 밝은 듯했다.

그는 탁자 위에 놓인 커피 잔으로 시선을 돌렸다. 방금 주문한 것이라, 아직 식지 않은 커피에서는 조금씩 아지랑이가 피어오르고 있었다.

'안에서 회식할 거라고는 생각지도 못했군. 쩝…….'

이혁은 쓰게 웃으며 커피를 한 모금 마셨다.

서울에 도착한 그는 조정대로부터 얻은 정보를 토대로 목표를 찾았다. 서울 지리를 모르는 것도 아니어서 목표가 운영하는 회사는 얼마 지나지 않아 찾을 수 있었다.

하지만 은밀히 내부로 잠입해 목표의 회사를 정탐한 그는 난감해졌다. 목표의 회사는 기업에 보안 솔루션을 판매하는 IT계통의 중소기업이었다.

규모가 그리 크지 않아서 화성에 있는 공장이 아닌 서울의 사무실에 근무하는 직원은 이십여 명에 불과했다. 다행히 그가 목표로 한 인물은 사무실에 있었다. 그렇지 않았다면 그는 조정대가 말한 목표의 집까지 가야 했을 것이다.

그러나 좋은 일만 있지는 않았다.

회사 안의 상황은 그가 생각했던 것과는 완전히 딴판이었다.

목표는 회사의 직원들과 함께 사무실 내에서 서양식의

와인 파티에 가까운 회식을 하고 있었던 것이다. 그를 둘러싼 네다섯 명의 직원과 함께 와인을 마시고 있었다.

일 자체의 난이도는 극히 낮았다. 회사원들은 모두 평범한 사람들이었으니까. 하지만 직원들이 있는 곳에서 목표를 납치할 수는 없었다.

서울은 전국에서 경찰 치안력이 가장 많이 집중된 곳이고, 그만큼 경찰의 대응 속도와 응집력이 강했다. 조금이라도 실수를 하게 되면 벌집을 건드린 꼴이 될 가능성이 컸다.

시간이 많지 않았지만 그런 위험을 감수할 필요는 없었다. 어차피 밤이 깊어지면 회식인지 파티인지 알 수 없는 모임은 끝이 날 것이고 사람들은 흩어질 터였다.

그래서 이혁은 기다리기로 했다.

인내는 자객에게 필수 불가결한 자질이다.

평소의 이혁을 본 사람에게는 상상이 가지 않는 일이겠지만 그는 스승으로부터 인내에 대해 보통 사람이 상상할 수 없는 수준의 가혹 훈련을 받은 남자였다.

스승이 인의 관[忍關]이라 불렀던 과정을 통과한 그에게 기다림은 가장 쉬운 일 중 하나였다.

커피숍은 새벽 2시까지 영업을 하는 곳이어서 이혁은 부담 없이 시간을 보낼 수 있었다.

늦은 시간이라 손님도 많지 않았다. 그 때문인지 아르

바이트하는 여학생도 커피 한 잔만 시켜놓고 오랜 시간을 버티고 있는 그에게 눈치를 주지 않았다.

무표정한 얼굴로 간간이 창밖을 보던 이혁의 눈에 서늘한 빛이 떠오른 건 자정을 넘기고도 이십여 분이 지났을 때였다.

맞은편 건물의 입구에서 일단의 사람들이 쏟아져 나왔다.

남녀가 섞인 이십여 명의 그룹이 낯익었다. 목표가 운영하는 회사의 사무실에서 와인 파티를 하던 직원들이었다.

그들은 건물 입구의 도로에서 잠시 동안 왁자지껄하게 웃고 떠들어댔다. 그들 대부분은 이삼십 대 정도로 보였고, 사십대는 서너 명 정도에 불과했다.

5분여 동안 도로를 점거하며 떠들던 그들은 삼삼오오 무리를 짓더니 연이어 도착하는 택시를 타고 흩어졌다. 모양새를 보아하니 그들은 내려오기 전에 콜택시를 부른 듯했다.

이혁은 사람들이 다 떠날 때까지 움직이지 않았다.

목표는 직원들 속에 섞여 있지 않았다.

이혁은 입맛이 썼다.

'일을 쉽게 하는 취미는 없는 자인가 보군.'

목표가 운영하는 업체는 보안 솔루션을 전문으로 제작 판매하는 회사였다.

다른 회사에 파는 장비보다 나으면 나았지, 못하지 않

은 보안 설비를 자신의 회사에 설치했을 게 뻔했다.

목표가 회사 안에 있는 이상 보안장치를 자극하지 않고 잠입해야 했다.

불가능하지는 않아도 번거로움을 감수할 수밖에 없는 일이었다.

이혁이 떨떠름해 할 만했다.

*   *   *

윤석구가 차에서 내렸다.

2년째 그의 경호원 겸 운전기사 임무를 맡고 있는 이철호는 윤석구와 현관문 앞까지 동행한 후 문이 닫히는 것을 보고서야 등을 돌렸다.

그는 시선을 들어 하늘을 보았다.

'비가 온다는 얘기는 없었는데… 오늘따라 유난히 어두운 것 같군.'

짙은 구름이 달을 가리고 있었다.

가로등이 십여 미터 밖에 있었지만 늦은 시간이라 그런지 골목엔 사람이 보이지 않았다. 맞은편 저택의 창으로 불빛이 새어 나왔지만 커튼이 쳐져 있는 듯 안은 보이지 않았다.

윤석구의 자택은 송파구 오금동의 주택들이 밀집한 지

역에 있었다. 평범한 2층집으로 현재 거주하고 있는 사람은 그 혼자뿐이었다.

1년 반쯤 전, 미국의 대학에 유학을 가 있는 두 자녀를 뒷바라지하기 위해 부인도 미국행을 택한 후 그만 남았기 때문이었다.

이철호는 힐끗 뒤를 돌아보았다.

'요새 차장님이 너무 무리하시는 거 같은데… 걱정이네. 연세도 내일 모레면 육십인 양반이…….'

그의 입가에 쓴웃음이 떠올랐다.

윤석구는 워커홀릭이라는 말이 잘 어울리는 일중독자였다. 가족들이 미국으로 가고 나서는 그게 더 심해졌다.

'조카분이 오셨을 때나 좀 쉬시니…….'

그는 고개를 휘휘 내젓고는 차에 탔다.

그의 보직은 윤석구의 그림자가 되는 것이었다. 그래서 윤석구의 주변에서 일어나는 일들은 그의 눈을 피할 수 없었다.

다른 사람들은 잘 알지 못하는 윤석구와 윤성희와의 관계 또한 마찬가지였다.

'좀 더 편안하게 모시는 수밖에.'

윤석구를 진심으로 존경하고 있는 그였기에 그의 건강이 걱정되었지만 직급 차가 하늘과 땅처럼 나는 터라 쉬라는 직언을 하기도 쉽지 않았다.

시동을 걸고 기어를 드라이브 모드로 놓은 그는 무전기를 들었다.

"부엉이 하나, 여기 너구리."

[⋯⋯.]

대답은 없었다.

이철호의 안색이 변했다.

최근 국정원장 김인성은 대외 업무가 폭증하는 윤석구의 주변에 2인 1조로 돌아가는 3개 조의 경호팀을 붙였다.

그들은 열두 시간씩 교대로 윤석구를 경호했다. 그들의 경호를 점검하는 것도 이철호에게 주어진 일 중 하나였다.

'부엉이'는 그들 경호팀의 암호명이었다.

그들은 어떤 일이 있어도 이철호의 호출에 응답해야 했다. 그렇지 않을 경우는 단 하나뿐이었다.

안색이 돌처럼 굳은 이철호는 겨드랑이에 차고 있던 권총을 꺼내 들고 차문을 열었다.

그리고 차에서 내리려 했지만 그 움직임은 계속될 수 없었다.

"컥!"

그는 외마디 단말마의 신음을 토하며 의자에 털썩 머리를 뉘이며 쓰러졌다. 그의 이마 한복판에 박힌 칼날을 타고 한줄기 핏물이 흘러내렸다.

어느새 그의 차에 접근했던 양복 사내는 이철호의 이마

에 꽂힌 칼을 빼내어 칼날에 묻은 핏물을 손수건으로 슥 슥 닦아냈다.

그의 손놀림은 느긋하고 익숙했다. 이런 일을 처음 처리하는 것이 아님을 알 수 있는 몸짓이었다.

"선배, 그냥 갔으면 죽지는 않았을 거 아뇨. 개인감정이 없다는 건 선배도 알 테니 편하게 지옥으로 가슈."

사내는 느긋하게 이철호의 몸을 조수석으로 밀어내고 운전석에 올라탔다.

주인이 바뀐 차는 미끄러지듯 골목을 벗어났다.

*   *   *

집 안으로 들어선 윤석구는 냉장고에서 맥주 캔을 하나 꺼내 들고 거실의 소파에 털썩 주저앉았다.

'몸이 물먹은 솜 같구만그래.'

그는 맥주를 한 모금 마시고 길게 숨을 내쉬었다.

나이는 속이지 못한다고 몸 상태가 작년하고 또 달랐다.

작년에는 이 정도 양의 업무를 처리했어도 버틸 만했다. 그런데 올해는 너무 피곤해서 걷는 것도 귀찮았다.

캔을 입에 붙이며 거실을 둘러본 그의 눈가에 쓸쓸한 빛이 떠올랐다.

세월을 느끼는 건 몸만이 아니었다. 요즈음엔 마음도

쉽게 피로를 느끼고 지쳤다.

나라를 위해 작은 역할이라도 하고 싶다는 마음으로 공직을 지원했고, 한평생 이 직업을 선택한 것에 대해 후회하지 않고 오늘까지 산 그였다.

결혼을 한 후에도 몇 년씩 외국에 나가 있기도 했고, 외박을 한 날도 셀 수 없을 만큼 많았다.

가족에게 미안했지만 반드시 자신이 해야만 한다고 믿었던 일들이라 지난날에 대한 후회는 없었다.

하지만 나이가 들어 홀로 남은 집에서 맞는 자정 무렵의 감상은 젊은 날과 많이 달랐다.

'외롭군…….'

"허허허."

그는 낮게 웃었다.

아무도 보는 사람이 없음에도 민망하다는 생각이 절로 헛웃음을 나오게 했다.

웃음을 그친 그의 눈빛이 깊게 가라앉으며 매처럼 날카로워졌다.

'이혁… 그의 협조로 얻어낼 수 있는 것이 어느 정도의 것들일까. 중요한 건 신뢰다. 그의 신뢰를 얻어야 해. 그리고 궁극적으로 그가 지닌 힘의 비밀을 정부가 확보해야 한다. 그렇게만 된다면…….'

이혁은 꿈도 꾸지 말라고 했지만 그 한마디에 마음먹은

걸 포기할 정도로 윤석구는 단순한 사람이 아니었다.

'의외로 까다로운 친구야. 시간이 오래 걸리겠어. 하지만 포기할 수는 없는 일이야. 이 나라를 강하게 만들 수 있는 힘이 아닌가. 퇴직하기 전에 성과가 있으면 좋겠지만… 설령 더 늦어진다 해도 성희가 있으니… 내가 하지 못해도 그 아이가 할 수 있을 거야. 능력이 있는 녀석이니까.'

캔을 입에 가져다 대던 그는 어느새 맥주 캔이 비었다는 것을 깨달았다.

피곤했지만 오늘따라 술이 당겼다.

그는 자리에서 일어나 냉장고로 갔다. 그리고 문을 열어 캔을 하나 더 꺼내어 손에 든 채로 그는 냉장고 문을 닫고 몸을 돌렸다.

그리고 눈을 크게 떴다.

그의 앞에 얼굴의 반을 가릴 정도로 커다란 녹색의 선글라스를 쓴 낯선 남자가 서 있었다.

놀란 윤석구가 반응을 보이기도 전에 그의 왼쪽 목의 경동맥에 길고 가느다란 주사 바늘이 푹 꽂혔다.

그의 전신에 소름이 돋으며 몸이 딱딱해졌다. 움직이려 했지만 이상하게 몸이 말을 듣지 않았다.

선글라스의 남자는 검은 장갑을 끼고 있는 손가락을 들어 가볍게 좌우로 흔들며 입을 열었다.

"쓸데없는 노력은 서로를 귀찮게 할 뿐입니다. 제 나름

상당히 공을 들인 만남입니다. 차장님께서는 마음에 들지
않으실 수도 있겠지만 그래도 제 노력이 가상하다 여기시
고 그냥 가십시오. 편안하게 보내 드리고 싶습니다."

말투는 정중했지만 뉘앙스는 명백한 비웃음이었다.

그 말이 끝나자마자 윤석구는 말 잘 듣는 초등학생처럼
다리에 힘이 풀리며 스르르 주저앉았다.

그의 부릅뜬 눈에서 서서히 빛이 스러졌다.

선글라스의 사내는 쓰러지는 윤석구의 겨드랑이를 잡아
그 자리에 곱게 눕혔다.

그리고 손바닥으로 윤석구의 뺨을 토닥거렸다.

불과 십몇 초밖에 지나지 않았음에도 윤석구의 몸에서
생명의 징후는 완전히 사라졌고, 체온도 빠르게 식어갔다.

"생의 정점에 계시던 분에게 갑작스런 심장마비라니.
진심으로 깊은 애도를 표하는 바입니다. 부디 지옥에 가
시기를."

그는 가지런한 흰 이를 드러내며 씨익 웃고는 자리에서
일어났다. 그리고 미련 없이 등을 돌렸다.

돈은 들어왔고, 청부도 완수했다.

이제 남은 건 당분간 아무도 찾을 수 없는 곳으로 잠수
하는 것뿐이었다.

제2장

똑똑.

"문 실장입니다, 회장님."

"들어오게."

방으로 들어선 문지석은 허리를 깊숙이 접었다.

자정에 가까운 시간이었다. 하지만 그는 짜증이나 피곤해하는 기색을 전혀 보이지 않았다.

박대섭이 고개를 들었다.

그는 190에 가까운 거구를 완전히 감싼 커다란 의자에 몸을 파묻고 위스키를 마시고 있었다.

그의 시선을 받은 문지석이 입을 열었다.

"윤석구는 내일 아침, 떠오르는 해를 볼 수 없게 되었습니다. 그를 경호하던 팀이 거실에 쓰러져 있는 그를 발견하고 병원에 후송했지만 심장이 멎은 지 30분 이상이 지난 상태여서 회생시키는 건 실패했다고 합니다."

박대섭은 안타까운 얼굴로 혀를 찼다.

"쯧쯧쯧, 그거 안됐군. 이 나라에 꼭 필요한 인재였는데 말일세."

"많은 사람이 아쉬워 할 겁니다."

"그렇겠지. 가는 길이 우리와 달라서 그렇지, 그의 애국심은 진짜였으니까."

중얼거리듯 말한 박대섭이 문지석에게 물었다.

"그에게 가족이 있었지 않나?"

"프린스턴과 예일에 유학 중인 일남일녀와 작년 겨울 그들을 뒷바라지하기 위해 미국으로 간 부인이 있습니다."

"공무원이 심장마비로 죽는 경우는 그 원인이 과로밖에 없지. 나라에서 가족들에게 보상이 있을 게야. 하지만 자네도 그의 가족들이 경제적으로 곤란하지 않도록 신경 쓰도록 하게, 보상과 연금만으로는 부족할 수 있으니. 평생 부정과는 담을 쌓고 산 청렴한 사람이어서 모은 재산도 별로 없는 것으로 아네. 그는 대접을 받을 만한 자격이 있는 사람이야."

문지석은 고개를 숙이며 대답했다.

"조치하겠습니다, 회장님."

박대섭은 말없이 위스키만을 마셨다.

잔이 빈 것을 본 문지석이 다가와 병을 들어 공손하게 채웠다.

박대섭이 눈을 들어 문지석을 보며 입을 열었다.

"복면인에 대한 준비는?"

"완료된 상태입니다. 언제 찾아올지 알 수 없다는 것이 안타까울 뿐, 그자가 전투의 스페셜 리스트라 해도 살아남는 건 불가능할 것입니다. 설령 살아나서 원하는 것을 얻었다 하더라도 그에 대한 대비도 되어 있습니다."

박대섭은 고개를 끄덕였다.

그가 말했다.

"국정원이 그자를 어디까지 지원하고 있었는지는 몰라도 내일부터는 그것 없이 움직여야 할 게야."

그의 눈빛이 뱀처럼 냉혹한 빛을 발했다.

"국정원의 지원 없이 움직인다면 결코 우리를 피할 수 없지. 적어도 이 나라 안에서는……."

문지석이 단단한 목소리로 말을 받았다.

"서복만과 함께 살해당한 조정대는 고문을 받은 흔적이 있었습니다. 서복만이 아닌 조정대를 고문할 이유는 하나뿐입니다. 그리고 조정대가 알고 있던 본 회의 상부자는 한 명밖에 없습니다. 복면인이 조정대를 잡은 것은 예상밖이었지만 그것이 그의 움직임을 예측할 수 있도록 해주었습니다. 그가 갈 곳은 뻔하니까요."

박대섭이 스산한 미소를 지으며 말했다.

"만약 복면인이 우리의 생각처럼 그를 찾아온다면 그자는… 진혼의 떨거지야. 진혼에 속한 자가 아니라면 우리를 추적할 이유가 없으니까."

"그렇습니다, 회장님."

"강동민은 아까운 인재지만 복면인을 잡을 수만 있다면 자기 역량 이상의 역할을 하는 걸세. 그 가족에게 부족하지 않은 보상을 준비해 놓게. 그리고 희생은 그로 족해. 더는 용납할 수 없네."

"알겠습니다, 회장님."

위스키 한 모금을 마신 박대섭이 생각난 듯 불쑥 물었다.

"그 아이에 대한 조사는 어디까지 진행되었는가?"

"비록 전부를 말한 걸로 보이지는 않지만 그녀의 뿌리가 일본 쪽에 있는 것은 맞습니다. 일제 강점기, 그녀의 증조부가 총독부의 고위직에 있었던 것이 확인되었습니다."

문지석은 혀로 살짝 입술을 축이며 말을 이었다.

"해방 후에도 당시 그와 인연을 맺었던 자들의 후손들과 교류를 지속했고, 그녀의 모친이 그 후손들 중 한 명과 결혼하여 한국인으로 귀화했고 얼마 후 그녀를 낳았습니다. 이건 서류는 물론이고 주변 조사에서도 확인되었습니다."

"흠……."

박대섭은 미간을 좁히며 잠시 생각에 잠겼다.

그가 입을 열었다.

"믿을 만하다 이건가?"

문지석이 조심스럽게 고개를 끄덕이며 말을 이었다.

"온전히 믿기엔 이르지만 그녀의 일본 쪽 외가와 인연을 맺은 한국인 몇이 현재 정재계에 상당한 영향력을 행사하는 거물들이긴 합니다만 본 회와는 비교할 수 없는 수준입니다. 부침이 많은 이 나라의 정재계에서 안정된 영역을 확보하고 싶어 하는 그들이 그녀를 내세워 우리와 협력 관계를 맺고 싶어 하는 건 사실로 보입니다."

"그렇군. 하지만 당분간은 지켜보도록 하세. 아쉬운 건 그들이지, 우리가 아니니까."

"예, 회장님."

두 사람은 마주 보며 웃었다.

만족감이 짙게 밴 미소였다.

*   *   *

이혁은 건물 내부로 침투하지 않았다.

불이 꺼진 건물 내부는 지능형 보안 시스템으로 보호되고 있을 터였다.

아무리 그라 해도 건물의 내부 구조와 시스템의 구성을 알지 못하는 상태에서 그 안으로 들어가는 건 발각의 위험이 있었다.

그래서 그는 좀 더 안전하고 간단한 방법을 선택했다.

그건 외부의 벽을 타고 올라가는 것이었다.

그의 사문에 전승되는 침투술의 총화 무영경 이십사절에는 이런 경우에 적합한 기법도 포함되어 있었다. 바로 묘수장공(猫手掌功)이었다.

밖은 가로등과 네온사인들이 휘황했지만 암향무영과 사신암행으로 모습과 기척을 어둠 속에 숨기고 빌딩의 외벽을 타고 올라가는 그의 모습을 육안으로 포착하는 건 불가능했다.

목표인 강동민의 사무실은 건물의 13층에 자리 잡고 있었다.

단숨에 13층까지 올라간 이혁은 창에 붙어 내부에 기운을 흘려 넣었다.

건물의 유리창은 매직미러여서 눈으로 내부를 보는 건 쉽지 않았지만 그에게는 아무런 장애가 되지 않았다. 와룡천망은 기를 투사해 눈보다 더 정확하게 내부를 들여다보는 기법이었으니까.

사무실의 안쪽에 작은 방이 있었다. 그곳에서 잠을 자고 있는 자의 규칙적인 심장박동이 손에 잡힐 듯 가깝게 느껴졌다.

이혁은 한 층을 더 올라갔다.

보안 시스템을 판매하는 회사이니 유리창에 파손이나 진동에 대비한 감지 센서 정도는 기본적으로 장착해 놓았을 터였다. 사무실 내부에도 온도 변화 감지 센서와 적외선 감지 장치 같은 종류도 설치되어 있을 것이고.

유리창 쪽에 장착된 건 그쪽으로 들어가지 않으면 감지될 일이 없다. 그리고 체온을 조종할 수 있는 이혁에게 온도 변화 감지 센서도 문제가 되지 않았다.

하지만 적외선 감지 장치는 무시할 수 없는 것이었다.

적외선을 볼 수 있는 장비가 있었다면 작업이 좀 더 수월했겠지만 지금 이혁은 그런 류의 장비를 갖추고 있지 않았다. 반드시 필요한 것들도 아니었고.

이혁은 14층 유리의 안쪽에 와룡천망을 펼쳤다.

사람의 기척은 느껴지지 않았다.

이 건물에 처음 들어왔던 몇 시간 전, 이혁은 12층과 14층에 입주한 회사를 파악해 놓았다.

주변 환경 점검은 침투의 기본이다.

12층에 입주한 회사는 사채업을 하는 곳이었고, 14층은 텔레마케팅으로 잡다한 물건을 판매하는 회사의 사무실 겸 강의실이었다.

이혁이 14층을 선택한 건 아래위에 있는 회사의 성격 때문이었다. 돈을 다루는 곳은 보안에 민감하지만 텔레마케팅 회사는 아무래도 덜 민감할 것이다.

그의 예상대로 14층에는 출입문을 제외하고는 다른 곳에 신경이 쓰일 만한 보안장치가 되어 있지 않았다.

14층 유리에 거미처럼 달라붙은 이혁의 손끝에 투명한 붉은 광채가 어른거렸다. 어둠을 뚫고 환상혈조가 그 유려한 모습을 드러냈다.

환상혈조는 고층 건물용 24㎜ 두께의 복층 유리 속을 두부처럼 파고들었다. 그리고 사람의 몸이 빠져나갈만한 크기의 직사각형 형태로 유리를 베어냈다.

이혁은 유리를 밀며 안으로 들어갔다. 그리고 한순간의 망설임도 없이 13층에서 자고 있는 자가 위치한 장소의 바로 위까지 이동했다.

잠을 자고 있는 자가 있는 방이니 당연히 온도 감지나 적외선 감지 장치 같은 건 없을 터였다. 그런 게 있다면 밤새 삑삑거릴 것이고, 경비 용역 업체는 쉴 새 없이 출동을 반복해야 했을 것이다.

이혁은 환상혈조로 바닥에 둥근 원을 그렸다.

환상혈조는 인조대리석은 물론이고 그 안쪽의 시멘트와 돌 그리고 철근까지 매끈하게 잘라내며 이혁이 의도한 모양을 만들어냈다.

그는 혈조가 완전한 원을 그리기 직전 왼손의 혈조를 둥근 모습으로 잘린 바닥의 중앙에 꽂았다. 그리고 혈조가 최초의 지점에 도달하며 완전한 원이 되었을 때 힘을 주어 잘린 바닥을 들어 올렸다.

이혁은 뻥 뚫린 구멍으로 몸을 밀어 넣었다.

소리 없이 바닥에 내려선 그는 침대에 누워 있는 사내를 내려다보았다.

강동민은 사십대 초반의 조금 마른 체형의 남자였다. 단정한 이목구비와 잘 때조차 흐트러지지 않은 머릿결, 그리고 두 손을 가슴 앞에 모으고 반듯하게 누운 자세는 그의 성격을 알 수 있게 했다.

이혁은 손을 내밀어 잠든 강동민의 심장에 올려놓았다.

예민한 성격인 듯 낯선 기척을 느낀 강동민이 눈을 번쩍 떴다. 그리고 자신을 내려다보고 있는 남자를 본 그는 기겁한 얼굴로 비명을 지르려 했다.

이혁은 눈살을 찌푸리며 그의 목젖을 눌렀다.

그가 말했다.

"조정대를 알 거다. 그는 죽기 전에 네 이름을 말하더군. 그래서 찾아왔다, 들을 게 있을 것 같아서. 내가 누군지 알겠지? 그러니까 쓸데없이 비명 같은 거 지르지 마라."

그는 손을 뗐다.

강동민이 떨리는 목소리로 말했다.

"누구시오? 나는 당신이 무슨 얘기를 하는지 하나도 모르겠소. 돈을 원한다면 내가 가진 전부를 주겠소."

이혁은 혀를 찼다.

강동민의 목소리는 떨렸지만 그 눈동자는 떨고 있지 않았다. 놀람만이 담겨 있을 뿐이었다.

이혁은 강동민의 심장에 올려놓은 손으로 기운을 흘려보냈다. 어차피 순순히 말할 거라고는 기대조차 하지 않은 그였다.

그는 조정대가 일 분을 채 버티지 못한 단심루를 강동민이 얼마나 견딜지 궁금할 뿐이었다.

강동민은 대를 이어 그의 가족과 친인들을 죽인 조직에 속한 적이었다. 적 앞에서 그는 이 세상 누구보다도 더 냉혹해질 수 있는 남자였다.

강동민의 심장 박동이 빨라졌다. 꿈에서도 상상한 적 없는 끔찍한 고통이 찾아들었다. 강동민의 얼굴이 잿빛으로 변했다.

악문 입술이 찢어지며 피가 흘렀지만 그는 비명도 지르지 못했다. 이혁이 그의 목젖을 누르고 있었기 때문이다.

이혁이 말했다.

"얘기할 준비가 되었으면 눈을 세 번 깜박여. 그럼 고통이 사라질 거야."

그 말이 끝났을 때였다.

이혁의 눈빛이 삼엄해졌다.

강동민의 심장이 터지기 직전에 도달한 듯 거세게 박동하는 순간, 이혁은 그의 심장에서 살과는 명백하게 다른 이물질을 느꼈다.

그리고 강동민의 몸에서 살과 뼈가 어긋나고 찢어지는 것과 다른 소리가 이혁의 귀를 파고들었다.

째깍, 째깍, 째깍, 째깍……

시계의 초침이 움직이며 나는 소리.

숙소에는 벽시계나 자명종이 없었고, 사무실 벽에 걸린 시계는 소음이 없는 종류였다.

그는 강동민을 똑바로 바라보았다. 그리고 강동민의 눈에 깃든 비웃음을 보았다.

돌처럼 얼굴이 굳은 이혁은 이를 악물며 초연물외공과 천강귀원공을 일으켰다.

그는 두 기공으로 신체 내외부를 보호하며 전력을 다해 발을 굴렀다.

콰자작!

그가 서 있던 바닥이 박살남과 동시에 무서운 폭발이 건물을 뒤흔들었다.

콰콰쾅!

13층 전체가 거대한 화염에 휩싸이며 유리창 전부가 산산이 부서져 터져 나가고 내부가 단숨에 초토화되었다.

동시에 건물 밖으로 파편과 불길이 화산이 터지듯 뿜어져 나간 것은 순식간에 벌어진 일이었다.

＊　　　　＊　　　　＊

XX대학병원 영안실.

냉동고의 철제 침대 위에 누워 있는 윤석구를 본 김인성의 안색이 침통해졌다.

"정말… 당신이로군… 보고를 받고도 믿고 싶지 않았는데…….."

입이 떨어지지 않는 듯 중얼거리는 그의 목소리는 자꾸 끊어졌다.

그와 함께 온 3차장 이학민도 윤석구의 갑작스런 죽음에 적지 않은 충격을 받은 듯 입술을 떼지 못했다.

스스릉.

김인성이 작게 고개를 끄덕이자 영안실 관리자가 철제 침대를 다시 냉동고 안에 집어넣었다.

김인성은 냉동고 앞에서 잠시 묵념을 한 후 고개를 들었다. 관리자의 뒤를 따라 영안실을 나온 김인성과 이학민은 근처에 있는 의자에 나란히 앉았다.

"사망 원인이 심장마비라고 했지요?"

김인성의 질문을 받은 이학민이 잠시 망설이다가 입을 열었다.

"2차장을 검시한 의사의 소견은 그렇습니다."

깊게 가라앉은 김인성의 두 눈이 차갑게 빛났다.

그가 말했다.

"부검을 해야겠군요. 3차장도 아시다시피 윤 차장은 철저하게 자신의 건강을 관리했던 사람이었어요. 그런 사람의 심장이 어떻게 갑자기 멈출 수 있겠습니까?"

"저도 그렇게 생각합니다. 부검은 반드시 해야 합니다."

내용은 강했지만 어투는 건성이었다.

그것을 느낀 김인성이 고개를 돌려 이학민을 보았다.

그의 시선을 받은 이학민이 쓰게 웃으며 말했다.

"2차장에 대한 얘기 이전에 원장님께 보여 드릴 게 있습니다."

"뭐지요?"

이학민의 기색에서 낯선 느낌을 받은 김인성의 어조가 무겁게 변했다.

그는 대학을 졸업하자마자 국정원에서 사회생활을 시작했다.

이십여 년을 재직한 후 정치 격변기에 대학교수로 외도

를 하기도 했지만 그는 뼛속까지 국정원 사람이었다.

그런 만큼 외모와 달리 그의 감각은 보통 사람과 비교할 수 없을 만큼 예민했다.

이학민은 품에서 두툼한 편지 봉투를 꺼내어 김인성에게 건넸다.

봉투를 받은 김인성은 그 안에서 내용물을 꺼냈다.

내용물이라고 해봤자 네댓 장의 서류일 뿐이었다.

차분한 안색으로 서류를 꼼꼼히 들여다본 김인성이 5분쯤 후 고개를 들어 이학민을 보았다. 그의 눈빛은 여전히 깊게 가라앉아 있을 뿐 별다른 기색이 보이지 않았다.

그가 입을 열었다.

"준비를 많이 했군요."

"급하게 준비한 건데 그렇게 평가해 주시니 감사합니다."

"원하는 게 뭐지요?"

"별거 아닙니다. 아침이 밝으면 원장님께서 VIP께 사표를 제출하시길 바랄 뿐이죠."

"참 쉽게 말씀하시는군요."

"어려운 일은 아니라고 생각하니까요."

"흠……."

낮은 탄식성이 김인성의 입에서 흘러나왔다.

앉은 자세일 때도 언제나 꼿꼿하던 그의 척추가 조금

처진 듯하게 보였다. 늘 당당하던 어깨가 평소보다 적지 않게 낮아진 때문에 그렇게 보이는 것이다.

이학민이 말을 이었다.

"원장님, 지금 물러나지 않으시면 감옥에서 3년은 사셔야 할 겁니다. 그 연세에 그곳에 계시면 나와도 오래 못 삽니다. 게다가 가족들도 수치심 때문에 이 나라에서 살지 못할 거고요. 원장님 본인과 가족, 그리고 지인들을 위해서도 물러나시는 게 현명합니다. 진심으로 명예로운 퇴직을 권합니다."

두 사람의 대화가 잠시 끊겼다.

검은 상복을 입은 중년인 두 명이 지친 얼굴로 그들 앞을 지나갔다.

영안실은 지하 1층에 있었고, 바로 위는 장례식장이었다. 아마도 저들은 위에서 장례를 치르고 있는 누군가의 유가족일 터였다.

김인성이 혼잣말을 하듯 물었다.

"윤 차장의 죽음도 당신들과 관련이 있겠군요."

"말씀드릴 수 없습니다. 사실 그에 대해서는 아는 바도 없고요. 저는 제가 맡은 일을 할 뿐입니다."

"대단하군요. 3차장님 같은 분을 장기판의 졸을 부리듯 할 수 있는 자들이 있다니… 생각도 못한 일입니다."

이학민은 씁쓸하게 웃으며 말했다.

"과찬이십니다."

상황이 좋지 않아서 그렇지 그는 김인성을 진심으로 존경했다.

김인성은 누구에게나 존경받을 만한 삶을 살아온 사람이었다.

3, 4분간 침묵하던 김인성은 깊게 숨을 들이마신 후입을 열었다.

"이미 VIP의 내락을 받아놓은 상태로 보이는데 제가자리를 고집하면 많은 사람이 힘들어지겠지요. 물러나도록 하지요."

이학민은 고개를 숙였다.

"감사합니다, 원장님."

김인성이 무거운 어조로 말했다.

"한 가지 부탁이 있어요. 윤 차장의 조카는 건드리지마세요. 만약 그 아이에게까지 문제가 생긴다면 저도 참기 어려울 것 같군요."

이학민의 얼굴이 살짝 굳어졌다.

김인성은 능력 있는 사람이었다. 하지만 그의 능력으로도 상황을 반전시킬 수는 없었다.

그리고 자신의 뒤에 있는 사람들을 생각하면 그를 두려워 할 필요도 없었다. 그렇지만 그가 반발하면 일이 복잡해질 건 분명했다.

그 정도는 얼마든지 가능한 사람이 김인성이었다.

이학민이 딱딱한 목소리로 말했다.

"그 아이는 안전할 겁니다. 하지만 요직에 두기는 부담스러우니 한직으로 보내는 정도는 이해해 주십시오."

김인성은 고개를 끄덕였다.

고집을 부릴 일이 아니었다. 돌아가는 상황이 극도로 불리해서 그럴 수도 없었다. 타협점을 찾아야 했다.

물러날 여지를 주지 않으면 어떤 상황이 전개될지 알 수 없는 것이다.

김인성은 자리에서 일어났다.

따라서 일어나며 이학민이 말했다.

"계시던 대학에 자리를 마련해 놓았습니다. 다음 학기부터 강의를 시작하시면 될 겁니다, 원장님."

김인성은 무표정한 얼굴로 말을 받았다.

"여러 모로 배려를 해주시는군요. 고맙게 받겠습니다."

두 사람은 어깨를 나란히 하고 걸음을 옮겼다.

속마음이야 어떻든 그들은 아직 한솥밥을 먹는 사이였다.

*   *   *

"너, 이렇게 자주 다치는 타입이었어?"

레나는 진심으로 궁금하다는 어조로 물었다. 어색하지만 알아듣기에는 어렵지 않은 한국말이다.

이혁은 대답 대신 궁금한 걸 물었다.

"언제부터 한국말이 그렇게 능숙해진 거야?"

"답답해서 며칠 신경 써서 공부 좀 했지."

"며칠 공부해서 그 정도가 되었다고?"

"며칠씩이나 공부했는데 이 정도도 못하면 바보지."

"……."

이혁은 할 말을 잃었다.

몇 년 동안 영어 공부를 하고도─물론 한 귀로 듣고 한 귀로 흘렸지만 그렇다고 해도─문장 하나 제대로 구사하지 못하는 그는, 이들에 비하면 변명의 여지없이… 바보였던 것이다.

그의 표정을 보고 무슨 생각을 하는지 짐작한 에이단이 끼어들었다.

"레나는 열두 개 나라의 언어를 자유롭게 구사하는 언어 천재야. 관심이 없어서 그렇지, 그쪽으로 전념했으면 전 세계 언어를 다 구사할 수 있었을 거야. 어떤 언어든 이삼 일 공부하면 대화 정도는 어렵지 않게 한다고. 그러니까 이상하게 생각할 필요 없어."

역시 알아듣기 어렵지 않은 한국말이다.

이혁이 또 물었다.

"그러는 너도 언어 천재냐?"

"천재까지는 아니고, 좀 집중해서 배웠어."

"……."

이혁은 또 할 말을 잃었다.

집중해서 며칠 배운다고 해서 저 정도로 말할 수 있을 만큼 한국어가 만만찮다는 정도는 그도 안다.

에이단이 눈을 동그랗게 뜨고 물었다.

"그런데 나도 궁금해. 너 원래 그렇게 자주, 크게 다쳐?"

이혁은 쓰게 웃었다.

그는 상체를 벗고 있었는데 살색은 전혀 보이지 않았고, 온통 흰빛 일색이었다. 붕대가 온통 상체를 두텁게 휘감고 있었기 때문이다.

상체만 보면 이집트 미이라를 연상케 할 정도의 모습이었다.

이들이 궁금해할 만했다.

이들과는 이제 두 번째 만난다. 그런데 그때마다 그는 크게 다친 상태인 것이다.

그가 대답했다.

"어쩌다 보니까 너희와 만날 때마다 이런 거지, 원래는 잘 안 다친다."

레나가 의심스럽다는 눈으로 그를 보며 말을 받았다.

"믿기지 않는데?"

"믿든지 말든지."

이번에는 에이단이 물었다.

"역삼동 쪽에서 큰 폭발이 있었어. 한국 정부에서는 가스 누출로 인한 폭발이라고 했는데 우리 쪽에 들어온 정보로는 대량의 C4가 사용된 것 같다고 하더군. 그런데 네 몸에서 C4 냄새가 나. 거기서 다친 거지?"

이혁이 어이가 없다는 얼굴로 말했다.

"머리만 좋은 줄 알았는데 코도 개코인가 보구만."

에이단이 미간을 찡그리며 고개를 갸웃했다.

"그게 무슨 소리야?"

아무리 천재라도 그 나라 말의 미묘한 뉘앙스까지 며칠 만에 배울 수는 없는 모양이었다.

이혁은 대답을 하지 않고 고개를 돌려 창밖을 보았다. 밖은 어두웠다. 아직 날이 밝지 않은 것이다.

그가 있는 곳은 용산의 주택가 밀집 지역에 있는 CIA의 안가였다.

강동민의 회사가 폭발할 때 그는 천근추의 수법으로 2개 층의 바닥을 뚫고 11층으로 내려왔다. 임기응변이 빨라 폭발에 직격당하는 건 피할 수 있었다.

하지만 여파에 휩쓸리는 것마저 피하지는 못했다. 초연물외와 천강귀원의 두 기공으로 신체 내외부를 보호했음에도 그가 받은 타격은 상당했다.

폭발한 C4는 12, 13, 14의 세 층을 한 층으로 만들어 버릴 정도로 많았다. 그가 죽지 않은 것만도 다행이었다.

11층으로 내려오며 그는 제이슨에게 연락했다. 그리고 허겁지겁 달려온 제이슨은 자신의 앞에서 혼절한 이혁을 안전한 곳으로 옮겼다.

뼈는 상하지 않았지만 그의 등 쪽은 걸레처럼 찢겨 나간 상태였다.

출혈이 극심하고 등 쪽으로 뼈와 내장 기관들이 보일 지경의 상처여서 제이슨은 이혁을 보았을 때 그가 죽었다고 생각했을 정도였다.

이혁이 혼절하기 전 사문의 생사회혼술로 경맥을 보호하지 않았다면 그는 지금 있는 곳에 오기도 전에 죽었을 것이다.

이 안가의 지하에는 완벽한 외과 수술 장비들이 갖추어져 있었고, 즉시 호출이 가능한 의사도 있었다.

이곳에 도착한 제이슨은 즉시 이혁을 수술대에 올리려고 하다가 그의 상처를 다시 살펴보고 수술을 포기했다.

상처가 너무 깊어서가 아니라 놀라울 정도로 이혁의 상처가 호전되어 있는 것을 보았기 때문이었다.

이혁의 상처는 스스로 치유되어 가고 있었다.

갑하산에서 이혁은 스스로 자신의 몸을 치유했다. 하지만 당시 그는 과정을 제이슨에게 보여주지 않았다. 당연히 제이슨은 그의 자가치유능력이 이렇게 뛰어난 줄 알지 못했었다.

제이슨은 이혁이 깨어날 때까지 쉬도록 조치했다. 그리고 그는 방금 전 레나와 에이단의 방문을 받고 깨어났다.

잠시 침묵하던 레나가 궁금함을 참을 수 없다는 듯 결국 입을 열어 다시 물었다.

"대답해 봐, 너 원래 그런 타입이었냐고?"

이혁이 피식 웃으며 대답했다.

"훗, 아니다. 묘하게도 너희와 만날 때만 그럴 뿐이야."

"그럼 앞으로도 너는 종종 이런 모습이겠네?"

"너희를 안 보면 멀쩡하지 않을까? 흐흐흐."

"흥!"

이혁의 말이 마음에 들지 않는 듯 레나가 코웃음을 쳤다.

그때 제이슨이 방으로 들어왔다.

"깨어났군."

고개를 돌려 그를 본 이혁이 눈살을 찌푸렸다. 제이슨의 안색이 어딘지 무거워 보였던 것이다.

이혁이 물었다.

"무슨 일입니까?"

"역삼동 사건은 한국 정부가 나서서 수습하고 있어 별 문제가 없는데… 딴 데서 일이 터졌네."

제이슨은 말을 잇지 않고 잠시 이혁을 보았다.

그가 천천히 입을 열었다.

"윤석구 차장이 죽었네, 국정원장은 사표를 낼 준비에 들어갔고. 윤 차장의 조카인 윤성희는 서울청 남대문 경찰서의 생활 안전과 계장으로 발령이 날 거라고 하는군. 진행이 톱니바퀴처럼 맞물려 돌아가고 있네. 마치 준비라도 되어 있던 것처럼 말일세."

이혁의 안색이 무섭게 굳어졌다.

제3장

60인치의 대형 TV에서는 계속해서 속보가 나오고 있었다.

　화면은 거대한 폭발로 가득 차 있었다. 누군가의 핸드폰으로 촬영된 것인 듯 폭발 당시의 모습이 생생하게 담긴 영상이었다.

　아나운서는 정부의 긴급한 발표를 인용해서 폭발이 가스 누출에 의한 것이라 추정된다는 멘트를 반복했다.

　화면에서 눈을 떼지 않고 있던 박대섭이 중얼거렸다.

　"식충이들처럼 돈만 밝히는 줄 알았더니 그동안 받아먹은 돈값을 하긴 하는구먼."

　의자 옆에 두 손을 모은 자세로 선 문지석이 말을 받았다.

"능력이 없다면 그만한 지위에 올라갔겠습니까."

박대섭이 빙긋 웃으며 고개를 끄덕였다.

"그자는 발견되었나?"

함께 미소 짓던 문지석의 얼굴에서 웃음기가 사라졌다. 그가 조금 굳은 목소리로 대답했다.

"발견된 시신은 강동민의 것으로 추정되는 한 구뿐입니다, 회장님."

문지석의 보고를 들은 박대섭의 눈에 칼날처럼 날카로운 빛이 어렸다.

"그 폭발 속에서도 살아남았다고?"

문지석은 조금 창백해진 얼굴로 대답했다.

"정황상… 그렇게 생각됩니다."

"국정원에서 그자를 백업한 건 아닌가?"

"아닙니다."

문지석은 단호한 목소리로 말을 이었다.

"그쪽은 여력이 없었습니다. 윤석구가 죽었고, 김인성도 실각되어 교수로 돌아갈 준비를 하고 있습니다. 윤성희도 움직일 여건이 아니고요. 그리고 국정원 실무 파트쪽에 복면인과 관련된 어떤 지시도 내려가지 않았다는 것을 이미 확인했습니다."

박대섭은 고개를 갸웃했다.

"살아났다 해도 멀쩡했을 리 없지 않은가? 폭발은 강동민의 심장박동과 연결되어 있었으니 폭발 시점에 그자는 강동민의 지근거리에 있었을 수밖에 없어. 그자의 전투 능력이 탁월하다는 거야 동영상에서 충분히 확인하긴 했지만 폭발의 범위가 수십 미터를 넘어. 사람이라면 결코 온전하게 그 자리를 피할 수 없네. 누군가 그를 도와주었을 거야."

"저도 그렇게 판단하고 그의 조력자를 찾으라고 지시를 내렸습니다. 크게 다쳤다면 치료를 받아야 할 것이고, 그러기 위해서는 병원을 이용해야만 합니다. 저인망식으로 서울과 경기 일원의 병의원은 물론이고 필요한 약을 공급하는 모든 루트를 훑고 있습니다. 곧 보고가 있을 겁니다, 회장님."

문지석의 보고가 맘에 들었는지 박대섭은 고개를 끄덕였다.

그가 중후한 목소리로 말했다.

"기다리지. 진혼은 끈질긴 놈들이야. 싹을 잘라야 해. 그런 자 하나가 깨끗한 연못을 흙탕물로 만들 수 있다는 걸 잊지 말게."

"예."

문지석은 고개를 숙이며 대답했다.

*   *   *

남영주는 벤치에 엉덩이를 붙이고 앉았다. 그러고는 슬금슬금 이혁의 머리가 있는 쪽으로 엉덩이를 밀었다.

계속 누워 있다가는 목이 꺾이거나 땅바닥으로 떨어질 판이라 이혁은 어쩔 수 없이 일어나 앉았다.

남영주가 운동장에서 놀고 있는 학생들을 휘휘 둘러보며 입을 열었다.

"어제 너 때문에 하숙집이 초상집이 된 모양이던데 오늘 널 보니까 그것도 아닌 모양이군. 아주 태평해 보인다?"

이혁은 인상을 쓰며 말을 받았다.

"그 얘기는 그만하지? 안 그래도 아침에 한바탕 제대로 시달렸거든."

그는 새벽에 제이슨이 제공해 준 차를 얻어 타고 대전으로 내려와 몰래 집에 들어갔다. 그리고 아침 식사를 하기 위해 내려갔다가, 하숙집 사람들에게 된통 시달리다가 등교 시간이 다 되어서야 풀려났다.

"어디 갔었기에 안색이 빵 하나 얻어먹지 못한 사람처럼 허옇게 뜬 거냐?"

"티 나냐?"

이혁이 두 손으로 얼굴을 쓰윽 쓸어내리며 물었다.

"금방 죽을 놈처럼 보인다. 네 몰골을 보니까 아침에

채현이가 전화해서 왜 울고불고 그 난리를 쳤는지 납득이
되네."

"채현이가 전화했었어?"

"어제부터 너 찾아달라고 시간마다 전화하더라. 그것도
울먹울먹거리면서."

"하, 그 눈물 많은 자식… 쯧."

이혁은 혀를 찼다.

남영주도 같이 혀를 차며 말했다.

"너, 나쁜 남자과도 아니면서 여자를 너무 많이 울리는
경향이 있어. 미지도 그렇고, 채현이도 그렇고."

"울리긴 누가 울려. 개들한테 아무 짓도 안 했다, 임
마."

"그게 더 나쁜 거야, 자식아. 니 여자라고 많은 사람
앞에서 당당하게 밝히는 여자한테 아무 짓도 안 하는 게
정상이냐? 네 걱정에 우는 여자 한 번 안아주지도 않는
게 정상이냐고?"

"정상, 비정상이 누구 기준이야? 그거 네 기준이지?
미친놈!"

이혁의 반응에 남영주는 고개를 휘휘 저었다.

그가 말했다.

"자신을 봐주는 여자를 나 몰라라 하면 하늘이 천벌을
내리는 법이야."

"그 법은 어느 나라 법인데? 너한테는 얼마든지 적용해도 되는데, 나한테는 그러지 마라."

남영주는 들은 척도 하지 않고 나란히 앉은 이혁의 왼쪽 어깨를 툭 쳤다.

"야, 보니까 네 주변이 복잡한 거 같은데 그럴 때는 괜찮은 여자한테 기대는 것도 나쁘지 않다. 미지나 채현이, 누구라도 괜찮아. 둘 다 다른 놈 주기 아까운 애들이잖아. 생각해 봐라. 걔들이 외모, 몸매, 성격 어디 하나 빠지는 게 있어? 없잖아. 물론, 우리나라는 그 부러운 일부다처제를 시행하는 중동 국가가 아니라서 둘 중 한 여자밖에 선택할 수 없겠지만."

이혁은 헛웃음을 흘리며 말을 받았다.

"썩을 놈, 수능이 코앞인 자식이 오지랖은 쩌는구나. 남 걱정하기 전에 네 앞가림이나 잘 해. 수능 죽 쒀서 지윤이한테 개망신 당하지 말고, 자식아."

이혁이 인상을 찡그리며 말을 받았다.

이혁을 한번 힐끗 본 남영주가 털털하게 웃으며 입을 열었다.

"후후후, 난 가능하면 네 선택이 채현이였으면 좋겠다. 팔은 안으로 굽는 거니까."

"헛소리 그만하고 꺼져."

이혁이 계속 인상을 찡그린 채로 말하자 금방 주먹이라

도 날아올 것 같은 느낌을 받은 남영주는 벙글거리며 뒷걸음질로 빠르게 물러났다.

그가 웃으며 말했다.

"간다. 진지하게 생각해 봐."

남영주의 마지막 말에 대한 이혁의 반응은 단순했다.

"일없다."

멀어지는 남영주의 뒷모습을 보며 이혁이 작게 중얼거렸다.

"난 로리 취향이 아니라고, 이 자식아."

그는 왼쪽 어깨를 슬슬 쓰다듬었다. 어깨가 부서지는 듯한 통증이 쉼 없이 그를 덮치고 있었다.

평범한 사람이었다면 살아남지 못했을 정도로 큰 상처를 입은 지 몇 시간도 지나지 않은 뒤인 것이다.

그때 이혁의 호주머니에서 핸드폰이 진동을 했다.

핸드폰을 꺼내어 액정 화면을 본 이혁이 눈살을 찌푸렸다.

낯선 번호였다.

그는 수신 버튼을 눌렀다.

지금 시점에서 그에게 전화를 할 수 있는 사람은 극도로 한정되어 있다.

번호는 낯설었지만 상대가 한정된 몇 명 중 한 명일지도 모르는데 무시할 수는 없었다.

[저예요, 이혁 씨.]

수화기를 통해 흘러나온 목소리는 익숙했다.

윤성희였다.

"어떻게 된 겁니까?"

[소식 들은 거예요?]

윤성희의 목소리는 의외로 차분했다.

윤석구가 사망했다는 사실을 몰랐다면 그녀의 목소리에서 그 일이 벌어졌다는 것을 알아차리는 건 불가능했을 것이다.

이혁이 가라앉은 음성으로 대답했다.

"예."

[삼촌은 살해당하셨어요.]

확신 어린 목소리.

이혁은 아직 그녀가 어떤 능력을 갖고 있는지 알지 못했다. 그래서 그녀가 저 정도로 확신하는 게 조금 의아했다.

하지만 경찰, 그것도 수사 파트에 오래 몸담은 그녀가 아무런 근거 없이 저런 말을 할 리 없다는 걸 알고 있었기에 가타부타 말을 하지 않고 귀를 기울였다.

그녀가 말을 이었다.

[우리 집안사람들은 주변이 다 인정할 정도로 심장이 튼튼해요. 삼촌도 평생 심장으로 병원에 가본 적이 없는

분이었고요. 그리고 자신을 관리할 줄 모르는 자는 일도 제대로 할 줄 모른다는 지론을 가지고 계셨죠. 그런 분이 갑작스런 심장마비로 돌아가셨다는 건 말이 되지 않아요.]

그녀는 사망한 윤석구의 집을 다녀온 후였다.

이제는 오직 그녀와 이수하밖에 알지 못하는 그녀의 능력은 윤석구의 사망 순간을 생생하게 보여주었다.

말투는 담담하지만 속마음은 결코 그럴 수 없는 그녀의 말이 이어졌다.

[누군가… 삼촌이 달갑지 않았던 거죠. 제가 일선 경찰서로 갑자기 발령이 나고 김 원장님이 사표를 쓰신 것도 동일한 연장선상에서 이루어진 일이고요.]

이혁은 침묵했다.

마땅히 할 얘기가 없었다.

그녀가 언급한 세 사람에게 벌어진 일들은 그와 관련이 있었다. 그건 어린아이라도 알 수 있는 일이었다. 단, 그가 세 사람과 연관되어 있다는 것을 알고 있어야 가능한 추측이었지만.

윤성희도 그와 같은 생각인 듯했다.

[그자들은 우리가 이혁 씨를 지원하는 걸 원치 않아요. 당신을 지원하는 과정에서 우리가 얻게 될 정보에 위협을 느낀 거죠.]

이혁은 차분한 그녀의 목소리에서 오히려 깊은 슬픔과

형용하기 어려운 강렬한 복수심을 느꼈다.

[이혁 씨, 우리는 저들에게 노출됐어요. 그래서 당분간 제가 당신을 지원할 입장이 되지 못해요. 하지만 저는 저들을 추적할 거예요. 절대 그것을 멈추지 않을 거고요.]

서늘한 기운이 감도는 목소리였다. 분노가 한계선을 넘으며 살기로 바뀌고 있는 것이다.

그녀의 말이 이어졌다.

[저들은 자신들에게 위협이 된다고 판단되면 사람을 죽이는 것도 서슴지 않는 자들이에요. 저런 자들이 힘을 갖고 있으면 국민은 불행해져요. 저는 그런 자들이 밝은 태양 아래 활보하는 걸 용납할 수 없어요. 저를 도와주시겠어요?]

이혁은 망설임 없이 대답했다.

"그들은 저의 적이기도 합니다. 언제든 연락하십시오. 제가 할 수 있는 모든 것을 하겠습니다."

[고마워요.]

대답하는 윤성희의 목소리는 조금 잠겨 있었다.

그녀가 말을 이었다.

[이건 공중전화예요. 저들의 능력이 김 원장님을 실각시킬 정도라는 게 확인된 이상 당분간 제가 이혁 씨에게 연락하는 일은 없을 거예요. 저들이 계속 저를 감시할 테니까요. 다시 만나는 날까지 부디 조심하세요.]

"윤 형사님도 조심하십시오."

전화가 끊겼다.

이혁은 핸드폰을 든 채로 하늘을 올려다보았다.

구름 한 점 없는 가을 하늘은 청명하기 이를 데 없었고, 그 아래 축구공을 쫓아 질주하는 학생들의 모습은 활기찼다. 하지만 이혁의 마음은 어두웠다.

그의 손은 이미 피에 절었고, 주변도 서서히 피에 젖어 가고 있는 현실이 그의 어깨를 만근의 바위처럼 짓눌렀다.

"뭐가 그리 심각해?"

상념에서 그를 깨운 목소리는 아름다웠지만 날이 잔뜩 서 있었다.

옆으로 고개를 돌린 이혁은 늘씬한 미모의 교복 소녀, 미지가 팔짱을 끼고 서 있는 걸 볼 수 있었다.

이혁은 그녀를 보며 싱긋 웃었다.

심란한 전화를 받은 직후였다. 그런데 그의 속도 모르고 미지가 화를 내는 게 짜증스러울 수도 있었다. 하지만 그는 전혀 짜증이 나지 않았다.

눈썹을 치켜 올리고 그를 보고 있는 미지는 화를 내는 인상이었지만 실상은 그를 걱정하고 있다는 걸 잘 알고 있었기 때문이다.

그는 자리에서 일어났다.

"심각한 거 없어. 어제 연락도 없이 외박한 건 미안하다. 급한 일이 있었어."

부드러운 어조.

미지의 얼굴에 당황한 기색이 떠올랐다.

언제나 심드렁하던 이혁에게서 나올 수 있을 것이라고
는 전혀 기대하지 않았던 반응이었다.

그것이 오히려 그녀를 더 걱정스럽게 했다. 사람이 안
하던 짓을 하면 죽을 때가 되어서라는 말도 있지 않던가.

이혁과 부드러움은 정말 어울리지 않는 조합이었다.

이혁은 혼란스러운 눈빛으로 입을 헤 벌리고 있는 그녀
의 어깨를 툭툭 치고 걸음을 옮겼다.

"들어가자."

미지의 어깨가 움찔거렸다.

그녀가 사비고로 전학 온 후 그가 먼저 스킨십을 하는
것도 처음이었다.

낯선 이혁의 반응에 꿀 먹은 벙어리가 된 미지가 어안
이 벙벙한 얼굴로 그의 뒤를 따랐다.

*   *   *

백금발청년은 가토를 보며 손끝으로 탁자를 톡톡 두드
렸다.

"국정원 쪽은 원한 대로 된 듯하지만… 박대섭이가 꽤

공들여 준비한 것은 수포로 돌아갔다고?"

가토는 두 손을 공손히 모으고 대답했다.

"그렇습니다, 주인님. 그자는 폭발 현장에서 발견되지 않았습니다. 탈출에 성공했다고 보는 게 맞을 듯합니다."

청년은 싱긋 웃었다.

"역시 실망시키지 않는군. 나는 그자가 태양회 따위의 암수에 쉽게 당할 거라고 보지 않았다. 과연 지켜보는 재미가 있는 놈이야."

그가 연이어 물었다.

"하지만 몸 성히 그 자리를 벗어나지는 못했을 텐데, 태양회는 아직도 그를 찾지 못한 것이냐?"

"예, 바쁘게 움직이고는 있지만 그를 발견했다는 얘기는 듣지 못했습니다."

"한국 전역을 영향권하에 둔 태양회에서 아직 그를 찾지 못하고 있다는 건 좀 이해가 가지 않는구나. 그 나라는 손바닥만 해서 숨을 곳도 마땅찮을 텐데?"

예상했던 질문인 듯 가토는 지체 없이 대답했다.

"조력자가 있는 듯합니다."

"조력자?"

"강력한 힘을 가진 조력자가 돕는 게 아니라면 현재 그의 움직임은 설명되지 않습니다."

"국정원에서 그를 지원하던 자들은 제거되었잖느냐?"

"맞습니다."

"그를 지원하려면 국정원에 버금가는 힘을 가진 자들이어야 할 텐데, 그런 힘을 가진 조력자가 한국에 있다고?"

고개를 갸웃하며 반문하던 청년의 눈매가 가늘어졌다.

한국 내에서 국정원에 버금가는, 아니, 더 강력한 힘을 가진 조직이 떠오른 것이다.

그가 물었다.

"가토, 미국이라고 생각하는 거냐?"

가토는 이번에도 지체하지 않고 대답했다.

"아무래도 그렇지 않을까 합니다."

청년의 입매가 살짝 뒤틀렸다.

그는 진혼의 내부에 형성된 정서가 어디서부터 비롯된 것인지를 생각하며 입을 열었다.

"진혼은 극단적일 정도로 민족주의적 성향이 강한 조직이다. 그들은 해방 후 현대사가 흘러오는 동안 미국이 이 나라에 행사했던 영향력에 심한 반감을 갖고 있는 것으로 아는데, 그들과 관련이 깊은 복면인이 과연 미국과 손을 잡았을까?"

냉소적인 어투였다.

가토는 조심스러운 기색으로 말을 받았다.

"저도 그 때문에 가능성을 낮게 보았습니다만, 국정원의 지원이 사라진 지금 태양회의 이목에서 그자를 숨길 수 있는 힘은 그들 외에는 생각하기 어렵습니다, 주인님."

"그렇다면… 그리 마음에 들지 않는 가정이 현실화되었다고 봐야 하겠군."

청년의 혼잣말을 들으며 가토는 입술을 지그시 물었다.

'독수리의 발톱… 미국과 복면인이 손을 잡는 것… 실현가능성이 낮아 배제해 놓았던 그것이 현실이 된 것일까?'

잠시 생각하는 것만으로도 머리가 복잡해졌다.

그는 갑하산에서 독수리의 발톱이 복면인의 도주를 도왔다는 것을 알게 된 후에도 그들이 협력 관계가 될 가능성을 낮게 보았다.

시대에 뒤떨어진 진혼의 폐쇄적 민족주의 성향을 잘 알고 있기 때문이었다.

그가 고개를 숙이며 입을 열었다.

"죄송합니다. 민족이라는 말이 폐기된 게 언젯적 일인데… 아직도 그것에 집착하며 강한 반일과 반미 성향을 보이는 자들이 진혼이었습니다. 그런데 진혼의 복수를 하려고 하는 자가 그들이 반감을 가졌던 미국과 손을 잡을 거라고는 생각하지 못했습니다. 가능성을 간과한 저의 불찰입니다."

"한국은 후진국이지 않느냐. 민족 운운하는 진혼과 같은 자들이 아직 남아 있다고 해도 전혀 이상할 게 없다.

그리고 나 또한 그 둘이 손을 잡을 가능성을 낮게 본 것이 사실이다. 자책할 필요는 없다."

"감사합니다, 주인님."

백금발청년은 팔짱을 꼈다.

안색은 차갑게 변해 있었다.

그 모습에 가토는 긴장했다.

오래전에는 드물지 않게 접했지만 긴 잠에서 깨어난 최근엔 청년의 그런 표정을 본 적이 없었다.

청년이 낮은 목소리로 입을 열었다.

"만주에 있던 당시, 난 반복되는 실패 속에서 크게 좌절하고 있었다. 그러던 어느 날 기연을 얻었지. 그것을 통해서 나는 연구를 완성하기 위해서는 두 가지가 필요하다는 것을 알게 되었다. 연금술과 초상승의 기공이 그것이었다. 단서는 얻었지만 그것들을 손에 넣을 수는 없었다."

그의 눈빛이 깊어졌다.

"서양의 연금술은 사이비만 남았고, 조선의 무맥은 벌써 일본에 의해 단절되었으며, 중국의 무맥은 전설만 난무할 뿐 종적을 찾을 수 없었다."

그는 잠시 말을 멈췄다. 옛 일을 회상하는 듯 잠시 침묵이 흘렀다.

그가 다시 입을 열었다.

"전쟁이 끝난 후, 그 엄혹했던 시절에도 나를 감시하던 자들의 눈을 피해 그것들을 미친 듯이 찾아다녔지만, 나는 결국 원하는 것을 얻을 수 없었다. 그러다 지쳐 잠이 들었지. 잠에서 깨었을 때 영원처럼 긴 시간이 마침내 내게 미소 짓기를 기도하면서. 그런데 이제 그 둘을 얻을 수 있는 기회가 눈앞에 보이는구나."

그의 입가에 서늘한 미소가 떠올랐다.

"독수리의 발톱… 서양의 특수 능력은 그 기반을 연금술에 둔다. 그리고 복면인은 조선의 무맥 중 하나의 후예임에 분명하고. 하늘이 내게 준 이 기회를 놓칠 수는 없다. 방해가 되는 조직이라면 그것이 미국이든 일본이든, 아니, 전 세계라도 모두 부숴 버리겠다."

거대한 기세가 폭풍처럼 일어나 넓은 거실을 가득 채웠다.

가토는 진한 감동을 주체하지 못하고 온몸을 떨었다. 그의 눈에는 눈물이 맺혀 있었다.

아득히 오래전 그를 매혹시켰던 강렬한 열정과 파멸적인 기세가 다시 그의 눈앞에서 기지개를 켜고 있었다. 그 감동은 쉽게 그를 놓아주지 않았다.

잠시 눈을 감았던 청년은 눈을 뜨고 가토를 돌아보았다.

언제 그랬냐는 듯 평소로 돌아간 눈빛이었다.

"최후에 웃는 자가 진정 모든 것을 얻는 자다. 가토,

돌아가는 상황을 하나도 놓치지 마라. 필요한 것이라면 무엇이든 가져다 써도 좋다."

가토는 허리를 꺾었다.

"주인님의 뜻은 이루어질 것입니다."

"그렇게 될 것이다."

청년은 빙그레 웃으며 천천히 눈을 감았다.

허리를 편 가토는 소리를 내지 않고 뒷걸음질로 방을 나섰다.

*   *   *

문지석은 손끝으로 관자놀이를 힘주어 꾹꾹 눌렀다.

옆머리에서 강한 통증이 일어났다.

몇 시간 동안 그를 괴롭혀 온 두통이 조금 약해지는 느낌에 그는 낮은 한숨과 함께 등을 의자에 기댔다.

"빌어먹을… 어떤 놈인지 잡히기만 하면 포를 떠서 박제해 주마."

이를 갈며 중얼거리는 그의 목소리에서 깊은 분노와 더불어 뼛속까지 스며들 듯한 짙은 살기가 묻어났다.

박대섭과의 독대 이후, 그는 반나절이 넘도록 부하들을 쉴 새 없이 닦달했지만 복면인의 종적을 찾지 못하고 있었다.

'폭발 반경은 30미터에 달했고, 아래위층이 전부 여파에 휩쓸렸다. 그 폭발에서 상처 없이 벗어났을 수는 없어. 누군가 그자를 도왔다고 보는 게 옳다. 그럼 도대체 어떤 놈들이 그자를 도운 거지?'

그의 눈빛이 어두워졌다.

'이제 국정원에는 그자를 지원할 수 있는 인물이 남아 있지 않아. 그럼 도대체 누가……? 후우… 알 수가 없구나…….'

그는 고개를 휘휘 저었다.

하늘에 솟았는지 땅으로 꺼졌는지 아무런 단서도 남기지 않고 사라져 버린 복면인을 생각할수록 머리만 아팠다.

허리를 세운 그는 짜증스런 눈으로 모니터를 노려보았다. 수십 통의 보고서가 이메일로 쌓여 있었지만 열지 않은 게 태반이었다. 보지 않아도 내용을 알 수 있었다. 노력하고 있다는 말로 점철된 변명으로 가득할 터였다.

정말 그가 기다리는 보고였다면 부하들은 이메일이 아니라 전화를 했을 것이다.

그는 신경질적으로 마우스를 움직여 메일함의 다음 화면을 열었다. 지금 당면한 문제에서 조금 벗어날 수 있지 않을까 하는 헛된 기대를 품고 한 행동이었다.

시간이 좀 흐른 메일들의 제목이 눈에 들어왔다. 사적인 메일은 10퍼센트도 되지 않았고, 대부분이 업무와 관련된 보고서들이었다. 앙천의 적자인 적운기가 박대섭을 찾아온 이후부터 몇 달 동안은 시간을 다투는 보고들이 많았다.

화면이 바뀔 정도의 시간이 지난 보고라면 이미 생명이 다한 것들이어서 그는 아무 생각 없이 제목들을 죽 훑어 내렸다. 혹시나 했던 그의 기대는 역시나 헛된 것이었다.

그는 돌다리도 두들겨 보고 지나갈 정도로 철저한 성격이어서 지난 보고서들 중 처리하지 않은 것들이 없었다.

그렇게 아무 생각 없이 마우스를 클릭해 메일함의 화면을 뒤로 넘기던 그의 움직임이 갑자기 딱 멈췄다.

그의 눈은 하나의 메일에 꽂혀 있었다.

메일의 제목은 'LSY 동향 관련 보고'였다.

메일은 수신 확인이 되어 있어 그가 이미 보았다는 것을 알려주었다. 잠시 후, 그는 메일의 내용이 어떤 것이었는지 어렴풋 생각이 났다.

LSY는 이름의 이니셜이었다. 그 이니셜의 주인, 이상윤은 박대섭이 관심을 가졌던 자였다. 모시는 사람이 주목하고 있던 자의 이름을 어떻게 문지석이 모를 수가 있을까.

그가 속한 조직 태양회는 기본적으로 삼중 상호 감시체계를 운용했다.

늘 둘 이상이 조직원들 서로를 감시했고, 그 감시체계

속에 가족이 포함되어 있을 수도 있었다. 그래서 조직원들은 배신을 상상도 할 수 없었다.

마음을 먹는 순간 노출될 수 있다는 것을 알고 있었기 때문이다.

이상윤에 대한 보고를 올린 자도 그런 감시체계의 일원이었다.

'이상윤… 폐인이 된 그놈과 관련된 것이었지.'

속으로 중얼거리던 그의 안색이 딱딱하게 굳어졌다.

그는 조금 멍한 얼굴로 입을 쩍 벌렸다. 갑자기 머릿속에 떠오른 하나의 생각이 그를 놀라게 했던 것이다.

'왜 그를 잊고 있었지? 죽은 조정대는 이상윤에게 지시를 내리는 직상급자였다. 조정대를 죽인 그놈이 강동민을 찾아왔다는 건… 조정대가 본회에 소속되어 있다는 것을 알고 있었기에 죽인 게 아닐까? 윗선이었던 강동민의 정보를 얻어내려고… 서복만은 오히려 조정대 옆에 있다가 벼락을 맞은 거고… 그럼 말이 된다. 이럴 수가… 이상윤이 열쇠였어…….'

이상윤과 조정대는 둘의 무게 차이가 너무 컸다.

조정대는 태양회의 정식 조직원이었지만 이상윤은 태양회와 계약관계에 있는 청부업자에 불과했다.

그래서 이상윤이 폐인이 되었을 때 문지석은 그가 원한을 가진 자에게 당했다고 판단했지, 태양회를 적대하는 자에게 당했다는 생각을 하지 못했다.

  그래서 이상윤을 폐기시킨 자에 대한 추적을 지시하고 잊고 지냈던 것이다.

  그는 급하게 마우스를 움직여 메일을 열었다.

  －이상윤 대전행.
  이소영 관련 단서 추적 중.
  그에 대한 보고는 추후 예정인 듯함.

  메일의 내용에 특별한 것은 없었다.

  메일을 받았을 때는 별생각 없이 읽었던 몇 줄의 내용이 엄청난 내용을 담고 있다는 것을 깨달았다.

  그는 즉시 휴대폰을 열었다.

  벨이 두 번 가기 전에 상대는 전화를 받았다.

  "류."

  [말씀하십시오.]

  대답하는 남자의 목소리는 육중했다.

  문지석이 말했다.

  "이상윤을 기억하나?"

  [예.]

  상대의 대답은 거침없었다. 그도 그럴 것이 이상윤에 감시체계에서 그는 책임자의 자리에 있는 사람이었기 때문이다.

"그를 폐기시킨 자에 대한 단서는 아직도 찾지 못했나?"

[전에도 보고드렸던 것처럼 그자는 이 방면의 전문가입니다. 시간이 더 필요합니다.]

상대의 목소리에서 긴장된 기색을 읽은 문지석은 쓰게 웃으며 말했다.

"자네를 질책하려는 것이 아니니까 긴장할 필요 없어. 추적은 잠시 중단하게."

[예?]

어리둥절해 하는 상대에게 설명할 필요를 느끼지 못한 문지석은 단도직입적으로 지시를 내렸다.

"이상윤이 대전에 간 이유가 무엇인지 알아봐라."

태양회에서 상급자의 지시는 절대적이다. 그에 대해 의문을 표하거나 설명을 요구하는 행위는 극히 예외인 경우 외에는 허락되지 않았다.

당연히 상대의 대답도 즉각적으로 나왔다.

[알겠습니다.]

"초지급이다."

[예.]

문지석은 전화를 끊었다.

그의 두 눈이 복잡한 빛을 발하기 시작했다.

제4장

쏴아아~

장소의 영향인지 30분 전부터 갑자기 쏟아지기 시작한 비는 을씨년스럽기까지 했다.

부산 대학 병원 장례식장의 정문이 보이는 주차장 한 구석에 선팅이 진하게 된 9인승 SUV 한 대가 주차되어 있었다.

비가 내리고 있어서 안은 보이지 않았지만 가끔 두런거리는 목소리가 밖으로 새어 나왔다. 들리는 목소리로 집작할 때, 차 안엔 여러 사람이 타고 있었다.

"니미 씨부럴… 우리가 왜 저 자식 장례식이나 감시하고 있어야 하는 거냐고요! 대가리에 똥만 찼나! 윗새끼들은 무슨 생각을 하고 있는 겁니까? 보세요, 형님. 우리들,

완전히 꿔다 놓은 보릿자루 신세잖습니까!"

잇새로 뱉듯 말한 사람은 운전대를 잡고 잡아먹을 듯한 눈으로 장례식장의 정문을 보고 있던 강력 2팀의 넘버 쓰리 박웅재 형사였다.

조수석에 앉아 있던 조장 김정환 형사가 어깨를 으쓱했다. 같은 심정이라도 맞장구를 칠 수는 없었다.

최태영과 이수하가 저렇게 굳은 얼굴로 앉아 있는데 박웅재가 계속 툴툴거리는 건 자살행위나 마찬가지였다.

그들의 지랄 맞은(?) 성격상 박웅재의 투덜거림을 계속 봐줄 가능성은 제로에 가까웠다. 무슨 벼락이 떨어질지 모르는 것이다.

슬쩍 고개를 뒤로 돌려 최태영의 눈치를 살핀 그가 툭 던지듯 말했다.

"야, 이 자리에 열받지 않은 사람 있어? 그러니까 적당히 해라."

박웅재는 즉시 입을 다물었다.

강력 2팀 형사 전원이 짜증지수 100퍼센트 상태인 건 당연했다. 그들은 어제 날이 밝기도 전, 위에서 떨어진 갑작스런 출장 지시를 받고 부산으로 왔다.

와서 한 일이라고는 부산 대학 병원 장례식장 주차장에 차를 세우고 그 안에서 잠복하는 시늉을 내는 것이었다.

그들이 감시해야 하는 건 장례식장을 찾아오는 조문객

들이었다. 저 안에서 조문을 받고 있는 사망자는 부산의 토착 조폭 조직의 은퇴한 거물이었다.

그는 은퇴하기 전까지 전국구로 이름을 날린 자라 형사들도 그자의 이름을 들어본 적이 있었다. 하지만 생전의 그에 대해 상세하게 알고 있는 건 아니었다. 서로의 활동 영역이 너무 달랐기 때문이다.

그가 제아무리 거물이라고 해도 부산의 은퇴한 조폭 거물의 장례식을 대전의 형사들이 잠복하며 지켜볼 이유는 없었다. 몇 시간 정도라면 억지로라도 이해하며 받아들일 수도 있었을 것이다.

하지만 그들의 잠복은 죽은 자의 시신이 매장된 뒤에 끝날 예정이었다. 그러려면 싫든 좋든 내일 정오 무렵까지는 이 답답한 차 안에서 계속 장례 절차를 지켜볼 수밖에 없었다.

누가 봐도 황당하고 이해가 가지 않는 출장과 잠복이었다. 다른 시기였다면 형사들은 별생각 없이 상부에서 휴가를 준 것이라 여기고 느긋하게 쉬었을지도 몰랐다.

그러나 시기가 좋지 않았다.

기괴한 연쇄살인에 이어 무역 전시관의 학살사건이 일어나며 대전은 계엄에 버금가는 분위기가 되었다. 그리고 시간이 어느 정도 흐르며 주민들이 조금씩 진정되어 가는 시점에 태룡회의 회장 서복만 등이 살해당했다.

거기다 요즘은 갑하산에서 수많은 사람들이 죽었다는, 소문은 무성하지만 실체를 잡을 수 없는 이야기까지 돌고 있었다. 그래서 정상화되는 듯하던 대전의 분위기는 다시 흉흉해졌다.

자신의 지역이 이런 상황인데 타지로 떠나고 싶어 하는 형사가 누가 있을까.

2팀 직원들이 울화를 삭히느라 고생하고 있는 것도 이상할 게 없는 것이다.

이수하는 툴툴거리는 김정환과 박웅재에게 힐끗 한번 시선을 주고는 창밖으로 눈길을 돌렸다. 시선은 장례식장 정문에 고정되어 있었지만 그녀는 밖을 보고 있지 않았다.

깜박일 때마다 복잡한 빛이 소용돌이치고 있는 눈동자는 그녀가 자기만의 생각에 깊이 침잠해 있음을 말해주었다.

차 안은 조용했다.

팀장인 최태영이 카라디오를 좋아하지 않아서 2팀 직원들은 그가 있을 때는 차에서 라디오를 켜지 않는다.

박웅재가 입을 다문 후 계속 이어지던 침묵은 김정환에 의해 깨졌다. 그가 고개를 돌리고 최태영을 불렀다.

"팀장님."

그새 지루함을 참지 못하고 고개를 꾸벅거리며 반쯤 졸고 있던 최태영의 머리가 움찔거렸다. 그는 눈을 들어 김정환을 보며 입을 열었다.

"왜?"

"VIP 주변에 힘겨루기가 있는 거 같은데요?"

이 나라 공무원이 VIP라고 칭하는 사람은 단 한 명, 대통령뿐이다.

잠이 덜 깬 최태영이 눈을 껌벅거리며 되물었다.

"무슨 소리냐?"

김정환이 이어폰을 연결해서 듣고 있던 개인용 라디오를 눈으로 가리키며 말했다.

"뉴스에서 국정원장 사표가 수리되었다고 하네요."

"응? 그게 무슨 소리냐?"

최태영은 어리둥절한 얼굴이 되었다.

박웅재가 아는 척하며 끼어들었다.

"아침에 국정원장이 VIP한테 사표를 냈다는 뉴스가 났었습니다. 그런데 그게 마치 기다렸다는 듯이 하루도 안 돼서 수리된 거죠. 사표를 낸 이유도 밝혀지지 않은 상태인데 말입니다."

"그런 일이 있었어?"

질문하는 최태영은 심드렁한 얼굴이었다.

그는 평생 강력 사건 외에는 눈길도 주지 않으며 산 사람이었다.

신문의 가십란은 쳐다보지도 않는데다 정치와 관련된

얘기라면 질색을 했다. 그가 흥미를 보이는 유일한 대상은 서민의 벗, 소주뿐이었다.

그런 최태영의 성향을 알면서도 김정환이 얘기를 꺼낸 건 국정원장의 사표 때문이 아니었다. 그가 말했다.

"팀장님, 국정원장의 사표건도 그렇지만 좀 이상합니다."

"뭐가?"

"전시관 사건 때부터 대전에 내려와서 현장을 총괄 지휘한 국정원 2차장 있잖습니까. 그 양반이 새벽에 자택에서 시신으로 발견되었답니다."

그 말을 들은 최태영의 얼굴에서 심드렁한 기색이 싹 사라졌다.

멍하니 창밖을 보던 이수하가 딱딱하게 굳은 얼굴로 놀람을 숨기지 못한 채 김정환에게 물었다.

"윤 차장님이 돌아가셨다고?"

김정환은 고개를 끄덕였다.

"예, 외부에 알려진 대로라면 심장마비로 사망했답니다."

큰 충격을 받은 이수하의 눈매가 가늘게 떨렸다. 윤석구는 그녀도 삼촌이라고 부르며 따랐던 사람이었기 때문이다.

하지만 팀원들은 마주 보고 있는 자세가 아니라서 그녀

의 표정을 제대로 보지 못했다.

최태영이 팔짱을 끼며 중얼거렸다.

"흠, 묘하긴 하구만⋯⋯."

김정환이 그의 눈치를 보며 말했다.

"최고 상급자 두 사람이 같은 날, 한 명은 죽고 한 명은 사표를 낸 게 이상하지 않으십니까?"

"이상한 일이긴 하지⋯ 그래서 어쩔 건데?"

최태영이 툭 던지듯 물었다.

김정환은 어벙한 얼굴로 물었다.

"예?"

"구름 위에서 벌어지는 일이야. 정말 이상한 일인 건 맞다만 우리 같은 말단들이 뭘 어쩔 건데? 신경 꺼라. 그런 것에 관심 가지면 제 명에 죽지 못하는 경우가 생긴다."

최태영의 말에 차 안이 조용해졌다. 그의 말투는 농담조에 가까웠지만 그의 성격을 아는 팀원들은 그것이 경고라는 것을 느낀 것이다.

김정환은 화제를 바꾸었다.

"아직 대전에 투입된 군과 검경, 국정원의 지휘는 그분이 맡고 있는 걸로 압니다. 앞으로 어떻게 될까요?"

"그러게 말이다. 아까운 사람이 죽었다. 복잡한 지휘계통을 혼란스럽지 않도록 조율했던 걸 보면 능력 있는 사람이었는데… 위에서 알아서 하겠지만 엄한 놈이 지휘권을 잡으면 여러 기관이 제각각 놀면서 사건이 실타래처럼 꼬일 수도 있는데…….”

팀원들의 대화를 한 귀로 흘리며 이수하는 핸드폰의 키보드를 눌러갔다.

–소식 들었어. 삼촌… 어떻게 된 거야?

잠시 후 액정에 답변 문자가 떴다.

–못 들은 걸로 하고 관심 갖지 마…….

윤성희였다.

이수하의 손가락이 바쁘게 움직였다.

–이 기집애가! 말 같은 소리를 해!

–전화하지 마. 안 받아. 나중에 봐.

이수하는 핸드폰을 부서져라 움켜쥐었다.

그녀의 눈빛이 무섭도록 강한 빛을 발했다.

갑하산에서 이혁에 의해 기절한 이후, 윤성희와 그녀의 관계는 예전과 달라졌다.

정신을 차린 이수하는 윤성희에게 자신이 쓰러진 후 이혁과 어떤 대화를 나누었는지, 어떻게 헤어졌는지를 물었다.

예전 같았으면 상세한 답변을 들을 수 있었을 것이다. 하지만 이번은 달랐다. 윤성희는 입에 자물쇠라도 채운 것처럼 아무 대답도 하지 않았다.

지금의 답변 문자도 평소의 윤성희가 하던 것과 미묘한 점에서 차이가 났다.

　'나중에 보자고?'

　사람들이 일상생활에서 자주 쓰는 말이다. 하지만 윤성희는 빈말로도 그런 용어를 사용하지 않았다.

　게다가 그녀는 전화를 하지 말라고 했다. 그건 그녀들이 서로에게 사용한 적이 없는, 그래서 이수하에게는 낯설기 그지없는 말이었다.

　이수하는 고개를 숙이고 핸드폰을 만지작거렸다.

　사람이 안 하던 행동을 하는 데는 이유가 있는 법이다.

　'설마… 너, 감시당하고 있는 거야?'

　그녀의 안색이 하얘졌다.

　윤성희는 경찰청 직속의 특수수사과 경감이다. 누군가를 감시할 수는 있어도 감시당한다는 건 생각하기 힘든 계급과 직책이다.

　'무슨 일이 벌어지고 있는 거지? 성희를 그런 상황으로 몰아넣을 수 있는 민간 조직은 있을 수 없는데…….'

　그녀는 입술을 지그시 물었다.

　'국정원장의 사표, 삼촌의 죽음, 성희의 침묵… 다 연결되어 있는 거 같아. 하지만 이 나라에 그게 가능한 힘을 가진 누군가가 있을 수가 있는 거야?'

　그녀는 머리에 쥐가 나는 기분이었다.

'뭐가 어떻게 돌아가고 있는 거야? 혁이 일도 이상한 점투성인데… 성희야, 너까지…….'

그녀는 고개를 들었다.

최태영을 향하는 그녀의 눈 깊은 곳에서 이글거리는 불꽃이 피어났다. 자신의 주변에서 커다란 일이 진행되고 있었다. 그런데 그녀는 연고도 없는 부산에서 꼼짝 못하고 있었다.

그녀의 성격으로 참고 넘어가기란 정말 어려운 상황인 것이다.

최태영이 얼굴을 굳혔다.

그는 이수하가 젖먹이였을 때부터 지금까지 근 30년 가까운 세월을 지켜보아 왔다. 그래서 그녀의 눈빛과 표정만으로도 속마음을 읽을 수 있었다.

그는 고개를 저으며 입을 열었다.

"네가 무엇 때문에 갑자기 그렇게 싸가지 없는 눈으로 날 보는지는 모르겠다만 내일까지는 절대로 안 돼. 우리를 여기로 보낸 건 과장이나 서장님 뜻이 아니야. 네가 이 자리를 뛰쳐나가서 대전행을 택한다면 옷 벗을 각오까지 해야 할 거다!"

"팀장님……."

낮게 자신을 부르는 목소리에 어딘가 절박한 기색이 깃들어 있다는 걸 느낀 최태영의 안색이 딱딱하게 굳었다.

그가 무거운 목소리로 말했다.

"하루만 더 참아. 그사이에 대전이 사라지는 것도 아니고 세상이 망하는 것도 아니니까. 그러니 성질 죽여라! 내가 할 말은 이것뿐이다."

이수하는 고개를 떨구었다.

최태영은 진심으로 그녀를 걱정하고 있었다. 그리고 그가 한 경고 또한 진심이었다. 지금 이 자리를 이탈하면 그녀는 옷을 벗게 될 수도 있다.

그녀에게 경찰은 천직이고 인생이었다.

경찰이 아닌 자신의 삶은 상상해 본 적도 없는 사람이 그녀인 것이다. 그래서 옷을 벗는다는 건 그녀에게 사형선고나 다름없었다.

지금은 돌아가는 상황이 뚜렷하지 않고 안개가 낀 듯 모호했다. 뭘 해야 할지 그리고 무엇을 할 수 있을지도 불확실했다.

옷을 벗을 수도 있는 위험을 감수하는 건 그리 현명한 행동이라고 할 수 없었다.

움켜쥔 그녀의 손이 가늘게 떨렸다.

'혁아… 성희야……'

그녀는 속으로 두 사람의 이름을 계속해서 부르고 있었다.

　이혁은 2층 베란다 난간에 등을 기대고 자신의 방을 조용히 바라보았다. 수업이 끝나고 그는 바로 하숙집으로 돌아왔다.

　강동민이 상부자에 대한 얘기를 하지 않고 자살하면서 태양회의 수뇌부를 추적할 수 있는 선은 끊어진 상태였다.

　움직이고 싶어도 그 대상이 아직은 없는 것이다.

　서울에서 얻은 상처 때문에라도 지금은 쉬어야 했다.

　생사회혼술 덕분에 내상은 거의 다 나았지만, 등에 입은 외상은 회복 속도가 더뎠다. 물론, 일반인에 비한다면 기적과 같은 속도긴 했지만.

　'사람 마음이 간사하다더니… 혼자 있을 때는 아무렇지도 않았는데, 몇 달 같이 지냈다고 누나가 없는 방에 들어가고 싶은 마음이 생기질 않는군.'

　그의 입가에 쓸쓸한 미소가 떠올랐다.

　시은이 없는 빈자리는 그가 상상한 것 이상으로 컸다.

　'잘 지내고 있으려나……'

　시은이 어디로 갔는지는 그도 알지 못했다. 국내에 있을 수도 있고, 해외로 떠났을 수도 있다.

　이혁은 눈을 들어 어둠에 물든 하늘을 보았다.

　'아마 국외로 나갔겠지.'

힘을 키우기 위해서라면 굳이 국내를 고집할 여자가 아니다.

태양회가 장악하고 있는 국내가 더 위험하다는 건 어린아이도 안다.

이혁은 손바닥으로 얼굴을 쓱쓱 쓸어내렸다.

'일할 때는 바늘로 찔러도 피 한 방울 안 나오는 사람이니까 어련히 알아서 하겠지. 누나는 누나의 일을, 나는 내 일을 한다.'

그의 눈빛이 강해졌다.

시은이 연락을 해오기 전까지 그는 그녀를 만날 수 없다. 그리고 만날 생각도 없다.

언젠가는 함께할 테지만 그때까지는 각자의 자리에서 최선을 다해야 했다.

그는 방에서 시선을 떼고 몸을 돌렸다. 그리고 골목을 내려다보았다.

이곳저곳 방황하던 그의 시선이 한 장소에 이르더니 오랫동안 머물렀다. 이틀 전까지 이수하의 차가 주차되어 있던 자리였다.

생각에 잠긴 눈으로 묵묵히 그 지점을 보고 있던 이혁의 미간이 좁아졌다.

대형 외제 승용차 한 대가 미끄러지듯 조용히 골목으로 들어오더니 정확히 이수하가 주차했던 자리에 멈췄다.

뒷좌석 창문이 스르르 내려갔고, 열린 창문으로 손 하나가 빠져나왔다.

가로등이 차에서 멀리 떨어져 있었지만 완전한 어둠은 아니었기에 이혁은 손이 여자의 것이라는 것을 알았다.

쭉 뻗은 검지손가락이 천천히 펴지더니 이혁을 똑바로 가리켰다. 그리고 까딱거렸다.

이혁은 얼굴을 굳혔다.

보통 사람이라면 이 어둠 속에서 승용차는 볼 수는 있어도 손가락은 보지 못한다.

차 안의 여자는 이혁이 자신의 손가락을 볼 수 있다는 것을 확신하고 있다. 그의 능력을 알고 있지 않다면 할 수 없는 행동이었다.

그가 아는 여자 중에 손가락으로 그를 부를 수 있는 사람은 시은과 수하뿐이다. 하지만 그녀들은 그런 행동을 하지 않는다.

물론, 그녀들은 충분히 그러고도 남을 성격의 소유자들이다. 하지만 한 마디만 해도 바람같이 달려올 상대에게 기분이 상할 게 뻔한 행동을 할 필요는 없다.

그녀들 외에 감히 그를 손가락으로 부를 여자는 없다.

결론은 차 속의 여자는 그가 모르는 사람이라는 것이었다.

'누구지?'

의혹을 푸는 방법은 간단했다.

만나보면 되는 것이다.

그의 발이 움직였다.

어둠과 동화된 듯 분명 그가 움직이고 있는데도 정적은 계속 유지되었다.

보통 사람이라면 보고 있어도 그가 움직이고 있다는 것을 의식하지 못했을 것이다.

이제 10시를 겨우 지난 시간이라 1층은 아직 소란스러웠다. 할 얘기가 산더미처럼 많은 여중, 여고생들이 넷이나 있는 것이다.

이혁이 승용차와 5미터 되는 곳에 접근했을 때 운전석 문이 열리며 2미터는 됨 직한 거대한 덩치의 흑인이 내렸다.

그는 말없이 이혁과 눈을 마주치고는 뒷자리 문을 열고 그 옆에 섰다.

차는 수억 원을 호가한다는 벤틀리 제품이었는데, 불이 켜져 있지 않은 내부는 동굴처럼 넓었다.

이혁은 망설이지 않고 뒷좌석에 올랐다.

문을 닫은 흑인이 앞에 탔다.

이혁을 맞이한 검은 정장의 여인은 금발이 풍성한 이십 대의 백인 여성으로 흔히 보기 어려운 얼굴과 몸매의 미인이었다.

이혁은 보자마자 이 외국 여자가 자신에게 호의적이지 않다는 것을 알 수 있었다. 얼굴에 표정이 없었던 것이다. 게다가 눈빛도 거슬렸다.

그녀는 날카로운 눈으로 이혁을 보며 입을 열었다.

"제시카라고 해요."

능숙한 한국어였다.

이혁은 탄식하듯 한숨을 내쉬었다.

"언론에서 떠드는 것처럼 우리나라가 국제화된 게 맞긴 한 모양이군. 만나는 외국인마다 아무렇지도 않게 우리말을 해대니 말이야."

이혁의 혼잣말이 마음에 들지 않은 듯 가뜩이나 표정이 없던 제시카의 얼굴에 찬바람이 불었다.

그녀가 입을 열었다.

"당신이 그분께 한 짓을 생각하면… 하지만 난 당신과 싸우기 위해 온 게 아니에요."

이혁은 제시카가 사실을 말하고 있다는 것을 알 수 있었다. 그녀는 분명 그에게 호의적이지 않았다. 하지만 적의가 있는 것도 아니었다.

그가 물었다.

"그분? 그렇게 말하면 내가 알 거라 생각하나? 누굴 말하는 건가?"

반말이다.

이혁이 어떤 남잔데 자신을 손가락으로 부른 여자한테 존대를 할까. 상대가 여자가 아니었다면 일단 제시카에게 주먹 한 방 먹이고 시작했을 것이다.

제시카의 눈빛이 잘 벼린 칼날같이 되었다. 하지만 그녀는 이혁의 말투에 대해 뭐라 하지 않았다. 기분은 더러웠지만 그럴 수도 없었다.

눈앞의 이 스물도 안된 남자는 그녀가 하늘처럼 모시는 사람을 죽음 직전까지 몰아붙였던 자다.

"갑하산에서 헤어진 분이라고 말하면 알겠죠?"

이혁은 말없이 제시카의 눈을 바라보았다.

헤어졌다면, 만난 적이 있다는 말이다.

갑하산에서 그가 만난 자들 중 목숨을 유지하고 떠난 자는 몇 되지 않는다. 그리고 그들 중 제정신을 가진 사람은 한 명뿐이었다.

"그 일본계 남자를 말하는 거 맞나? 그도 꽤나 그럴싸한 상황을 만들면서 등장하더니 당신도 비슷하군. 당신들은 일을 복잡하게 만드는 취미가 있는 거 같아."

그는 다리를 꼬고 등을 의자에 기댔다.

그의 눈빛이 차가워졌다. 타이요우라면 태양회의 대부 격이라고 보아도 무방한 단체였다. 그리고 큰형 이환을 죽음으로 몬 조직이었고.

마음 같아서는 눈앞에 있는 여자의 목을 부러뜨리고 싶

었지만 그는 그 생각을 바로 지웠다.

강동민을 잡는데 실패하며 그는 중요한 진실을 알게 되었다.

적들이 지닌 역량은 만만찮았다. 그리고 그의 능력도 절대적이지 못했다.

후일 사문의 무예를 완성했을 때라면 가능하겠지만 지금 마음 가는 대로 행동하는 건 현명하지 못한 행동이었다.

그는 초연물외공의 구결을 암송했다.

곧 그의 마음속에 파문처럼 퍼져 나가던 살기가 흔적도 없이 사라졌다. 그는 자신의 감정이 손바닥 위에 있는 것처럼 제어됨을 느꼈다.

그러나 여전히 그의 눈빛은 살기를 띠고 있는 것처럼 차갑고 강했다. 굳이 자신의 내적 변화를 상대에게 드러내 보일 필요는 없는 것이다.

그가 말했다.

"담이 크군. 살아서 돌아가지 못할 수도 있다는 생각은 해보지 않았나?"

제시카의 입가에 냉소적인 미소가 떠올랐다.

"진혼이 사신의 목을 벨 만큼 천박한 조직이라는 말을 들어본 적은 없어요. 아니었나요?"

이혁은 흰 이를 드러내고 소리 없이 웃었다.

"난 진혼에 속해 있지 않거든."

제시카의 눈이 찰나지간 묘한 빛을 발했다. 그녀는 이혁의 말에 신경 쓰지 않는다는 제스처를 취하며 입을 열었다.

"그럴지도 모르죠. 하지만 지나친 자신감 때문에 낭패를 당했던 게 불과 얼마 전 일이잖아요, 벌써 잊었나요? 그리고 당신은 여자에게 손을 대지 않는 걸 지론으로 삼고 사는 남자라고 들었는데, 역시 와전된 건가요?"

냉소적인 데다 조소도 옅게 곁들인 어조였다.

이혁은 혀를 찼다.

그는 한마디도 지지 않는 여자를 상대하는 건 꽤나 귀찮은 일이라는 걸 오늘 다시 절감했다. 저렇게 자신에 대해 철저하게 뒷조사한 티를 팍팍 내는 여자라면 더욱 그랬다.

여자에게 손을 쓰지 않는 것을 지론으로 삼고 있긴 하지만 그것이 절대적이지는 않다. 만약 사로잡아 필요한 정보를 얻어낼 수 있다는 자신이 있었다면 그는 제시카를 잡았을 것이다.

그러나 그는 속으로 고개를 젓고 있었다.

제시카 같은 유형의 여자는 정보를 발설하기 전에 자결부터 시도할 게 뻔했기 때문이다. 그리고 그가 어떤 사람인지 알면서도 만나러 올 정도라면 제시카의 자결을 막는 건 불가능에 가까울 것이었다.

그의 방해에 대한 대응 방법도 준비되어 있을 테니까.

그가 말했다.

"당신 같은 여자가 내게 관심을 가지는 건 사양하고 싶은데 말야. 그리고 내가 여자에게 손대지 않는다는 건 맞아. 본론으로 들어가지. 내 취향이 아닌 여자의 얼굴을 멀거니 쳐다보며 시간을 죽이고 싶지는 않으니까."

연이어 그가 후려치듯 물었다.

"왜 왔나?"

제시카는 숨을 깊게 들이마셨다. 그녀는 아직도 병상에 누워 있는 타케시 생각에 자신이 지나치게 감정적이 되어 있다는 것을 깨달았다.

이혁과 싸울 것도 아니면서 이런 식으로 대화를 이어가는 건 바람직하지 않다.

그녀는 자세를 바로 했다.

"그분께서 전하라는 말씀이 있어요."

그녀의 태도가 진지해졌다는 것을 느낀 이혁도 다리를 풀었다. 그도 나름 진지한 자세로 바꾼 것이다. 하지만 그가 양보한 건 거기까지였다.

"뭐지?"

말투는 여전히 반말이었다.

제시카는 더는 그의 말투에 신경을 쓰지 않았다.

"태양회에서 당신이 전시관과 갑하산에 나타났던 복면인이라는 것을 밝힐 수 있는 단서를 잡았어요. 아직 그들이 가진 정보가 완전하지 않지만 내일이 지나기 전에 그들은 당신을 잡기 위해 움직일 거예요. 그 정도 능력은 있는 자들이니까요."

"빠르군."

이혁은 나직하게 중얼거렸다.

세상에 영원한 비밀이란 없다.

국정원장을 실각시킬 정도의 힘을 가진 자들이 전력을 기울인다면 이 좁은 땅덩이에서 그를 찾아내는데 오래 걸릴 거라 생각하지 않았다. 그가 몸을 숨겼을 때는 이야기가 달라지겠지만 이렇게 드러내고 있는 상태에서는.

그래도 예상보다 빠른 건 사실이었다.

강동민이 죽은 지 하루밖에 지나지 않았다.

그가 연이어 물었다.

"그래서?"

"우리의 보호를 받으세요."

"보호? 훗."

이혁은 자신도 모르게 헛웃음을 흘렸다.

머리가 굵어진 이후로 그에게 저런 식의 제안을 한 사람은 아무도 없었다. 사람은커녕 그런 말을 들어본 적도 없었다.

제시카는 기분이 상한 듯 살짝 눈살을 찌푸렸지만 곧 안색을 펴고 말을 받았다.

"진혼의 주력이 궤멸되었어요. 당신이 보기 드문 전사라는 걸 인정해요. 그러나 당신 혼자서 태양회를 상대로 싸워서는 승산이 없어요. 지난 수십 년간 이 땅의 자양분을 갈취하며 성장한 그들의 저력은 당신이 알고 있는 것보다 훨씬 대단하니까요. 하지만 당신이 우리의 제안을 수락한다면 태양회가 무슨 짓을 해도 우리는 당신을 안전하게 보호할 수 있어요."

이혁은 가볍게 고개를 끄덕이며 말을 받았다.

"그럴 수 있겠지. 타이요우의 힘은 태양회보다 강할 테니까."

그의 서늘한 눈길이 제시카의 두 눈을 똑바로 바라보았다.

"넘겨짚지 마세요."

제시카의 어투는 매몰찼다.

"쩝……."

이혁은 혀를 찼다.

그는 갑하산에서 만났던 자들이 강수찬이 언급했던 타이요우의 요인과 전투 집단인 타이료오바타의 대원들이라고 추정하고 있었다.

누가 말해준 것도 아닌데 그는 자신의 추측을 확신하고

있었다. 하지만 확인된 사실은 아니었다.

그래서 제시카의 말실수를 유도할 겸 떠봤는데 그녀는 넘어가지 않은 것이다.

정색을 한 그가 물었다.

"너희들의 보호를 받는 대가로 내가 해야 하는 건?"

"몇 가지 질문에 대한 대답과 정해진 기간 동안의 적극적인 협조예요."

"질문과 협조? 감이 안 잡히는군. 무엇에 대해서지?"

제시카의 입가에 희미한 미소가 떠올랐다.

"성급하군요. 그건 당신이 우리의 제안을 받아들인 이후에 물어도 될 것들이라고 생각하지 않나요?"

그녀는 이혁이 자신의 제안을 받아들여야만 입을 열겠다는 완고한 자세를 유지하고 있었다.

이혁은 입맛을 다셨다.

그는 자신이 말싸움에는 소질이 없다는 걸 다시 한 번 느끼고 있었다. 특히나 상대가 여자라면 승산이 전무에 가까웠다. 눈앞의 제시카라는 여자도 그의 의도를 대번에 꿰뚫어 보고 있지 않은가.

이혁은 눈으로 운전하고 있는 흑인을 가리키며 입을 열었다.

"차 세우라고 해. 이야기 끝났다."

원하는 결론이 나지 않은 채 대화가 종료되는 건 거절

을 의미한다. 하지만 제시카는 실망한 기색 없이 선선히 고개를 끄덕였다.

"거절은 아니라고 생각할게요. 다음에 만났을 때는 생각이 달라져 있을 수도 있으니까요."

이혁은 심드렁한 어투로 말을 받았다.

"생각이야 자유니까. 맘대로 해."

차 안에 침묵이 흘렀다.

하숙집으로 들어서는 골목 어귀에 도착한 차바퀴가 천천히 정지했다.

이혁은 운전석의 흑인이 내리기 전에 차문을 열고 내렸다.

그가 문을 닫자마자 차는 미끄러지듯 출발했다.

이혁은 바지 호주머니에 손을 집어넣고 걸음을 옮겼다.

유난히 공기가 싸늘하게 느껴지는 밤이었다.

제5장

문지석은 모니터 상에 겹쳐 열려 있던 이메일 창들을 한꺼번에 닫았다. 사진과 몇 가지 문서가 동시에 사라지며 윈도우 바탕화면이 나타났다.

악문 그의 잇새로 나직한 혼잣말이 흘러나왔다.

"이혁……."

저절로 힘이 들어간 주먹의 손등에 굵은 힘줄이 지렁이처럼 튀어나왔다.

"이상윤은 그가 이소영을 데리고 간 놈이면서 전시관의 복면인일 가능성이 크다고 추정했다. 하지만 그것을 확인하지 못하고 폐인이 되었지."

그는 천천히 자리에서 일어나며 핸드폰을 켰다. 그의 눈빛이 음산하게 빛났다.

"그는 확인하지 못했지만 나는 할 수 있지. 내일이 가기 전 정체를 드러낼 수밖에 없게 될 거다, 이혁!"

그는 핸드폰의 단축키를 눌렀다.

*   *   *

타케시는 편안한 자세로 45도로 세워진 병상에 누운 채 귤 한 조각을 입에 넣었다.

그리고 옆 의자에 앉아 귤을 까고 있는 제시카에게 물었다.

"그자의 적의가 그리 강하지 않았단 말이지?"

"예."

제시카는 짧게 대답한 후 말을 이었다.

"그동안 진혼의 조직원들이 우리와 태양회에 보였던 것에 비하면 저를 향한 그의 적의는 아주 약한 것이었어요."

타케시는 고개를 끄덕였다.

제시카는 수많은 부하 중에서도 가장 능력이 탁월한 재원 중 한 명이었다. 처음에는 그녀의 능력이 눈에 들어왔고, 나중에는 다른 것(?)도 마음에 들어 옆에 두었다.

그녀는 다양한 재능을 갖고 있었다. 그리고 그중 하나가 타인의 감정을 정확하게 읽어낼 수 있다는 것이었다. 독심술은 아니었지만 그에 버금갈 정도로 그녀의 통찰력은 예리했다.

그가 말했다.

"그렇다면 정말 그가 진혼에 속해 있지 않을 수도 있겠군."

"저도 그럴 가능성이 충분하다고 느꼈어요."

"흠……."

타케시는 베개에 뒷머리를 묻고 천장을 올려다보았다. 잠시 생각에 잠겨 있던 그가 다시 입을 열었다.

"그가 자신의 큰형인 이환이 타이료오바타에 의해 죽었다는 걸 모르고 있을까?"

이혁이라는 존재가 가시권에 들어온 후 그는 모든 라인을 동원해서 정보를 모았다. 이혁의 가족관계는 기본 정보에 속했다.

얻기 어려운 것도 아니었고. 그리고 그에 관한 업무를 전담했던 사람이 제시카였다.

그녀가 대답했다.

"확보한 정보에 의하면 그는 장석주의 그늘 아래서 몇 년을 보냈어요. 모든 걸 알고 있었던 장석주와 긴밀한 관계였다는 것을 생각한다면… 그런 기대는 하지 않는 게 좋으실 것 같군요."

"형의 죽음에 대해 알면서도 나의 대리인인 너에게 큰 적의를 보이지 않았다면 두 가지로 생각해 볼 수 있겠군.

하나는 아직 내가 타이요우 소속이라는 것을 그가 확신하지 못하고 있거나……."

말끝을 흐린 타케시의 눈빛이 강해졌다.

그가 잠시 말을 잇지 않자 제시카가 물었다.

"다른 하나는요?"

"원수의 대리인을 눈앞에 두고도 자신의 감정을 통제할 수 있을 정도로 내적으로 완숙한 자이거나."

"저는 전자일 가능성이 크다고 생각해요. 그의 나이에 제가 감지하지 못할 정도로 감정을 통제할 수 있다는 건 믿어지지 않으니까요."

"국정원의 지원을 받을 수 없다고는 하지만 CIA가 그에게 우호적이지. 필요한 정보는 그들에게서 얻을 수 있을 테니 그가 나의 보호를 받으려 하지 않는 건 당연한 일이다."

제시키가 곱게 눈을 흘겼다.

"아시면서 저를 그자에게 보내신 건 무슨 심술이셨던 거죠?"

타케시는 대답 없이 빙긋 웃으며 팔짱을 꼈다.

그의 시선이 제시카를 향했다.

그가 제시카를 잃을지도 모르는 위험을 감수하며 그녀를 이혁에게 보냈던 건 여러 이유가 있었다.

그중 가장 중요한 건 이혁과 협력이 가능한지를 타진해

보는 것이었다. 전면적인 협력은 바라지도 않았다. 최소한 어느 시기까지는 서로 적대하지 않는 정도만이라도 합의할 수 있기를 바랐다.

그것을 통해서 그는 이혁이 지닌 힘의 근원을 엿볼 수 있게 될 것이고, 또 갑하산에서 마지막에 나타나 이혁을 도주하게 만들었던 자들을 끌어들일 수 있기를 원했다.

원하는 것을 얻기 위해서는 이혁과 공존하는 시간이 필요했다. 목이 탈 정도로 간절한 바람이었다.

하지만 이혁을 만나고 온 제시카의 의견은 그의 바람이 이루어지기 어렵다는 것이었다.

그녀는 이혁을 가리켜 의지가 몸을 지배하는 스타일이라고 했다.

그가 아는 한 이혁과 같은 스타일의 남자는 속마음이 어떻든 필요하다면 한없이 잔인해질 수 있었다.

그래도 전혀 성과가 없는 건 아니었다.

이혁은 생김새와 달리(?) 생각이라는 걸 할 줄 아는 듯 제시카를 무사히 돌려보냈다. 그것이 의미하는 바는 하나였다.

적어도 지금은 타이요우가 그의 표적에서 비껴나 있다는 것.

'태양회에 집중하겠다는 거겠지. 그는 혼자… 전선을 확대하면 증가하는 건 위험뿐이라는 걸 아는 거다. 어리

지만… 전투에 대한 본능적 감각은 타고난 놈이야…….'

이혁은 통제가 불가능한 남자였다.

그의 가슴이 답답해졌다.

이혁과 가장 가까운 거리까지 접근한 그였지만 그를 마음대로 할 수 없는 상황이 그가 처한 현실이었다.

'이혁에 대한 정보를 형에게 넘길 수는 없다. 형이 모든 것을 장악할 가능성이 너무 커져. 내가 반전의 기회를 얻을 수 없게 된다.'

머릿속이 복잡해졌다.

고개를 돌려 바라본 테라스의 창문 밖에 맑은 달이 떠 있는 게 눈에 들어왔다. 밤은 새벽을 향해 달려가고 있었다.

'형은 이 나라에서 큰 실수를 했다. 하지만 그것만으로 아버지와 할아버지가 형을 실각시키고 내게 힘을 실어주려 할 것인가… 그럴 리가 없지… 이번을 제외하면 형은 그분들의 눈 밖에 날 정도로 큰 실수를 한 적은 없다. 그리고 깊이 들어가면 나도 형의 실수에서 자유롭지 못하다. 후방에서 그를 지원하는 게 내 임무였으니까.'

그는 얼굴을 찌푸렸다.

처음 지시를 받고 한국행 비행기에 몸을 실었을 때가 떠올랐기 때문이었다.

당시 그는 내키지 않는 휴가를 가는 기분으로 이 나라

에 왔다, 일이 지금과 같은 국면으로 전개될 거라고는 꿈에도 상상치 못한 채로.

'형은 관리형이다. 주변이 안정되어 있다면 분명 가문을 반석 위에 올려놓을 리더가 될 수 있는 역량을 갖고 있는 사람이지. 하지만……'

그의 눈빛이 차갑고 강해졌다.

'세상은 평화롭지 않고, 미래는 불확실하다. 정체를 파악하지 못한 힘들이 여기저기서 튀어나오고 있어. 눈에 보이는 보물을 포기할 어리석은 자는 없다.'

그는 지그시 입술을 물었다.

대전에서, 그리고 갑하산에서 만났던 자들이 파노라마처럼 눈앞을 스쳐 지나갔다.

'드러난 자들보다 그렇지 않은 자들이 더 많다. 앞으로 가문을 둘러싼 소용돌이는 더 크고 격렬해질 거야. 난세가 코앞에 닥치고 있다. 전투에 약한 형이 가문을 이어받으면 미래를 기약하지 못해. 너무 위험하다. 가문을 위해서 형은 물러나야 해.'

그는 자신의 판단에 확신을 갖고 있었다.

'형이 가네무라의 자료를 토대로 이 땅에서 행한 실험은 실패했다. 지금쯤이면 가문에서 원인을 찾고 있을 것이다. 원인을 찾으면 실험은 재개될 것이고, 시간이 충분히 주어진다면 성공하겠지. 하지만 그 성공이 완전한 것

이 아닐 수도 있다는 걸 이혁은 힘으로 증명했다. 그리고 이혁을 패퇴시켰던 자들⋯⋯.'

안개처럼 모호한 그림자들이 그의 눈앞에 어른거렸다.

'반백 년이 넘는 세월 동안 가문이 전력을 기울여 완성코자 했던 초인 전투부대와 영생⋯ 이혁과 그를 패주시켰던 자들은 우리의 실험에서 불완전한 부분을 보완할 수 있는 걸 갖고 있을 가능성이 높아. 언제가 되었든 그들이 가진 것을 내 것으로 만들어야만 한다. 후지와라 제국의 완성을 위해서⋯⋯.'

그의 눈 깊은 곳에 타오르고 있는 불길의 이름은 '야망'이었다.

＊　　　　＊　　　　＊

점심시간.

호주머니에 손을 집어넣고 교문을 향해 털레털레 걷던 이혁은 걸음을 멈췄다.

힐끗 고개를 돌려 돌아본 교정은 학생들로 어수선했다.

일부는 축구공과 농구공을 가지고 놀고 있었고, 일부는 삼삼오오 모여 시끌벅적하게 떠드느라 정신이 없었다.

목소리의 톤이 높고 여러 사람이 한꺼번에 말을 하는 터라 귀가 따가웠다. 이 나이 대는 남녀불문하고 가장 말이 많고 감정 변화가 심할 때다. 그래서 한시도 입이 쉬질 않는다.

학생들을 주욱 훑어가던 이혁의 눈이 한 곳에서 잠시 멈췄다.

축구를 하기 위해 편을 짜는 학생들 속에 섞여 있던 장덕성이 그를 보고 손을 마구 흔들어대고 있었다.

이혁은 피식 웃었다.

장덕성은 호기심이 유달리 많아 여러 모로 그를 귀찮게 했다. 그런데도 묘하게 정이 가던 녀석이었다.

장덕성에게 눈을 한 번 부라린 그는 학교 건물로 시선을 옮겼다.

저 안에는 채현과 미지, 남영주와 이상우를 비롯해서 이곳에 온 후, 그와 인연이 얽혔던 많은 학생이 있었다.

그의 입가에 떠올랐던 미소가 씁쓸한 기색으로 변했다.

예정되었던 사흘이 지나가고 있었다.

애초에 자신을 드러내고 머물렀던 건 그의 정체를 아는 조직들을 파악하기 위해서였다.

그 목적은 어느 정도 성과를 거두었다.

갑하산에서 만났던 자가 대리인을 보냈으니까.

그들 외에도 분명 다른 자들이 더 있을 것이라는 건 의심의 여지가 없었다.

그러나 그들은 지난 사흘 동안 별다른 움직임을 보이지

않았다. 그건 그들이 아직 그의 정체를 알아차리지 못했기 때문일 터였다. 그렇지 않다면 어떤 식으로든 주변에 변화가 있었을 테니까.

그것은 소기의 성과라 할 만했다. 그러나 태양회의 심층부에 타격을 주고자 했던 그의 의도는 명백한 실패였다.

강동민이 자살하면서 그의 윗선을 알아내지 못한 것이다.

이혁은 고개를 돌려 정면을 보았다. 눈이 깊게 가라앉았다. 가슴에 목적을 이루지 못한 아쉬움이 강하게 남았다.

하지만 그것을 핑계로 이곳에 계속 머물 수는 없었다. 등을 미는 사람이 없다 해도 떠나야 할 때였다.

그가 자신을 드러낸 건 적을 파악하기 위함이었지, 그 반대가 아니었으니까.

또 다른 이유도 있었다.

이수하…….

그녀였다.

'떠나야지… 제이슨이 많은 것을 지워서 나를 체포하기 어렵다 해도 그녀는 갑하산에서 내가 벌인 일을 직접 보았다. 이곳에서는 그녀와 좋은 꼴을 보지 못해. 그건 싫다…….'

아침에 떠나지 않고 등교까지 하면서 점심시간이 되도

록 미적거린 것도 아교처럼 발바닥에 달라붙는 미련 때문이었다.

하지만 그것도 이제는 떨쳐야 할 시간이었다.

그는 걸음을 옮겼다.

떠남은 필연이었다. 그리고 그는 알고 있었다. 이제 다시는 이곳으로 돌아오지 못할 것이라는 걸.

그가 교문을 나서는 걸 본 학생은 여럿이었지만 말을 거는 사람은 없었다. 이혁이 사비고의 치외법권 지역이 된 지도 벌써 오래다.

어차피 그가 공부와는 담쌓고 산다는 것을 교사도, 학생들도 다 알고 있었다.

그렇다고 수업을 방해하거나 교내에서 사고를 치는 스타일도 아니어서 먼저 접근하기 전에 그에게 말을 거는 사람은 특별한 몇을 제외하고는 아예 없는 것이다.

교문을 나서 인도를 걸어가던 이혁의 눈이 조금 커졌다.

그가 걸어가는 앞쪽 10여 미터 떨어진 곳에 정차되어 있던 대형 승용차의 뒷창문이 내려가며 편정호가 얼굴을 드러냈기 때문이었다.

창문 옆으로 접근한 이혁을 올려다보며 편정호가 입을 열었다.

"밖은 정신없이 돌아가는데 너는 참 한가하구만."

말에 담긴 뉘앙스가 평범하지 않다는 걸 눈치챈 이혁이 고개를 모로 꼬며 물었다.

"무슨 소리냐?"

편정호가 차문을 열고는 밖으로 밀었다.

"일단 타라. 보는 눈이 많아."

이혁이 차문을 닫으며 앉았다.

편정호는 고개를 돌려 이혁을 보며 이맛살을 잔뜩 모았다.

째려보는 시선이다.

이혁이 그의 눈길을 받으며 심드렁한 어조로 말했다.

"눈에 힘 좀 빼지? 얼굴 뚫어질 거 같거든."

"걷는 게 워낙 감상적인 분위기여서 과연 내가 알던 이혁이 맞나 의심스러워서 봤는데……."

"그런데?"

삐딱한 어투.

편정호는 피식 웃었다.

"빈정거리는 게, 이혁이 맞구만."

"헛소리 그만하고. 좀 전에 한 말, 무슨 소리야?"

"한 시간 정도 전부터 하숙집 주변에 이상한 놈들이 얼쩡거리고 있다. 어떤 놈들인지 궁금해서 애들한테 알아보라고 했는데……."

편정호가 말에 뜸을 들이며 이혁을 돌아보았다.

이혁은 편정호의 눈에서 의문과 우려가 뒤범벅이 된 어두운 기색을 읽었다. 편정호라는 사내에게서 쉽게 보기 힘든 눈빛이었다.

그는 눈살을 찌푸리며 물었다.

"눈빛, 맘에 안 든다. 뭐야?"

"그 자식들… 서울 중앙 지검에서 온 놈들이다. 아무래도 검찰 수사관들 같아."

"검찰 수사관?"

어리둥절해진 이혁이 되물었다.

검찰 수사관이라니.

편정호가 수상한 놈들이라는 말을 언급했을 때 그가 짐작했던 자들과는 하늘과 땅만큼이나 차이가 나는 신분이다.

"서울에서 여기까지 검찰 수사관들이 내려왔다고?"

이혁의 반문에 편정호가 고개를 시원스럽게 끄덕거리며 말했다.

"애들이 하숙집 주변을 얼쩡거리는 놈들 얼굴하고 자동차 사진 몇 장을 찍어 왔기에 선을 통해서 조회 좀 해봤다. 그랬더니 차 번호가 서울 중앙 지검 관용차더구만. 얼굴 사진은 상산에 의뢰를 해놨다. 알아봐 준다더라. 어쨌든 하숙집으로는 가지 마. 느낌이 좋지 않다."

그 순간 편정호의 호주머니에서 휴대폰 벨소리가 울려

퍼졌다.

휴대폰을 꺼내 액정 화면에 뜬 번호를 본 편정호가 풀썩 웃으며 말했다.

"이 자식들도 양반은 못되네."

중얼거린 그가 휴대폰의 수신 버튼을 눌렀다.

이혁은 통화를 하고 있는 편정호의 얼굴에 난감한 기색이 떠오르는 것을 볼 수 있었다.

전화를 끊은 편정호가 낮은 한숨을 내쉬며 이혁을 돌아보았다.

그가 말했다.

"뭔가 복잡해진 거 같다."

"말해봐."

"사진에 찍힌 얼굴의 친구들하고 엮인 상산파 조직원들이 여럿 있었나 봐. 신분을 확인하는데 몇 분 걸리지도 않았단다. 그곳 강력부 소속의 수사관들이란다."

이혁의 이마에 주름이 잡혔다.

"강력부 소속 검찰 수사관들이 나를 찾고 있다? 왜 학교로 오지 않고 하숙집으로 간 거지?"

"난들 아나?"

어깨를 으쓱한 편정호가 말을 이었다.

"너란 놈을 모르는 자식들이라 네가 범생처럼 꼬박꼬박 학교에 갈 거라는 생각을 못한 거 아닐까 싶다만."

말을 하며 무심하게 창밖을 내다보던 편정호의 얼굴이 딱딱해졌다.

그가 긴장된 어조로 말했다.

"왔네. 그 자식들이다."

이혁은 편정호의 시선이 고정된 곳으로 얼굴을 돌렸다.

검은색 미니밴 한 대가 사비고 정문과 조금 떨어진 곳에 정차하고 그 안에서 대여섯 명의 양복사내가 뛰쳐나오는 것을 볼 수 있었다.

편정호가 운전석에 앉은 사내에게 지시했다.

"빨리 뜨자."

"예, 형님."

짧게 대답한 운전석의 사내가 액셀을 밟고 있는 발에 힘을 주었다.

차는 느릿하게 그 자리를 떠났다. 너무 급하게 떠나면 검찰 수사관들의 주의를 끌 수도 있었기에 운전하는 사내는 미니밴에서 3, 40미터가량 멀어지고 나서야 액셀을 깊숙이 밟았다.

이혁은 고개를 돌려 미니밴의 양복사내들을 보았다.

그들은 2개 조로 나뉘어 한 조는 정문 근처를 돌아보고 있었고, 한 조는 학교로 들어서고 있었다.

시선을 정면으로 돌린 이혁은 팔짱을 끼며 생각에 잠겼다. 그의 입가에 허탈해 보이기도 하고 어이없어 보이기도 하는 표정이 떠올랐다.

"검찰을 움직여? 허를 찔린 셈이로군. 그놈들이 이런 식으로 나올 거라고는 생각을 하지 못했어."

그가 낮은 목소리로 말을 이었다.

"참 웃긴 나라야… 어두운 곳에 웅크리고 있는 놈들이 양지의 힘을 이렇게 쉽게 움직일 수 있다고 누가 생각이나 할까."

편정호가 인상을 쓰며 물었다.

"어떻게 된 건지 짐작이 가는 모양인데, 얘기 좀 해주지?"

이혁은 고개를 저었다.

"알아서 득 될 게 없다. 위험만 가중될 뿐이야."

매몰차게 거절한 이혁이 휴대폰을 꺼냈다.

저장된 단축 번호를 누르자 신호가 세 번을 가기도 전에 상대가 전화를 받았다.

[미스터 리?]

제이슨이었다.

"접니다."

[무슨 일이 있나? 먼저 전화를 다하고?]

"신세지는 겸에 몰아서 한꺼번에 지려고요."

[하하하, 내가 도와줄 수 있는 거라면 얼마든지.]

진심으로 유쾌한 듯 제이슨은 크게 웃으며 말을 받았

다. 반면 이혁은 떫은 감이라도 씹은 듯 씁쓸한 얼굴이었
다.

그가 말했다.

"지금 서울 중앙 지검 강력부 소속의 검찰 수사관들이
대전에 내려와서 날 찾고 있습니다. 그쪽에서 왜 나를 찾
는지 알고 싶습니다."

[검찰이?]

제이슨도 의외인 듯 목소리에서 놀람이 묻어났다.

그가 빨라진 어투로 말을 이었다.

[알았네. 바로 알아보도록 하지.]

이혁은 전화를 끊었다.

입맛을 다시며 그를 보고 있던 편정호가 물었다.

"물어도 누군지 말 안 해줄 거지?"

"당연."

"빌어먹을 고딩… 무슨 비밀이 그리 많은 거야……."

이혁은 편정호의 투덜거림을 한 귀로 흘리며 말했다.

"사람들이 잘 다니지 않는 계룡산 산행로가 있으면 그
쪽으로 가줘."

고개를 끄덕인 편정호가 운전석 사내에게 말했다.

"천황봉 등산로 근처로 가자."

지시를 하고 이혁에게 고개를 돌린 그가 말을 이었다.

"그쪽은 군사시설이 있어서 사람들이 잘 다니지 않아."

"알았다."

짧은 대답 후 차 안에는 정적이 흘렀다.

편정호는 이런저런 할 말이 많았지만 이혁의 안색이 가볍지 않아서 쉽게 말을 붙이기 어려웠다.

차의 양옆으로 대전 시내가 빠르게 스쳐 지나갔다.

얼마나 달렸을까. 건물과 차량들의 모습이 뜸해지면서 멀리 계룡산의 모습이 눈에 들어왔다.

그제야 편정호가 무거운 음성으로 이혁에게 물었다.

"떠날 거냐?"

"알면서 왜 물어?"

이혁의 대답은 시큰둥했다.

"끝까지 싸가지 없네, 고딩 자식이……."

편정호의 말이었지만 입 밖으로 나오지는 않았다. 입술만 벙긋거렸으니까.

그가 물었다.

"잠수냐? 아니면 돌아오지 않을 거냐?"

"돌아오지 않을 거다. 왜, 아쉬워? 원한다면 돌아와 줄 수도 있고."

"에효, 하여튼 너란 놈, 말뽄새하고는."

편정호가 혀를 차며 말을 이었다.

"남은 사람들은 걱정하지 마라. 책임지고 지켜주마."

그의 목소리는 묵직했다.

진심임을 알 수 있었다.

편정호를 돌아본 이혁의 입가에 희미한 미소가 떠올랐다.

주먹으로 얽힌 인연이 여기까지 왔다.

돌이켜 보면 나쁘지 않은 인연이었다. 물론, 이건 그의 입장에서였다. 편정호는 다르게 생각하고 있을지도.

차가 섰다.

인적이 없는 한적한 도로였다. 고개를 오른쪽으로 돌리자 길이 보이지 않는 가파른 능선을 따라 우거진 숲이 보였다.

이혁이 입을 열었다.

"아마 나를 찾는 자들이 너를 방문할지도 몰라. 우리 사이가 소문나지 않았다 해도, 목격자가 아주 없는 건 아닐 테니까. 검찰의 정보망이라면 내가 너와 관계가 있다는 걸 알아내는 건 그리 어렵지 않을 거다. 상대는 검찰이야. 말 한마디 삐끗하면 훅 갈 수도 있어. 알아서 잘해라."

"지금 네가 나 걱정할 때냐? 너나 잘해, 임마!"

편정호가 소리를 냅다 질렀다.

이혁은 피식 웃었다.

"시간 있으면 한판 뜨고 싶지만 그럴 여유 없는 걸 고맙게 생각해라."

"지랄!"

편정호가 입술을 비틀며 던지듯 툭 뱉었다.

그를 보는 이혁의 눈에 부드러운 빛이 떠올랐다. 짧은 인연이었지만 편정호와는 적지 않은 일들을 함께했다.

"망치, 잊지 않겠다."

"워해머라니까!"

편정호가 얼굴을 와락 일그러뜨리며 소리쳤다.

이혁은 고개를 끄덕거리며 말을 받았다.

"그래그래, 망치!"

"이… 이… 이……."

편정호는 움켜쥔 두 주먹을 부들부들 떨며 말을 더듬었다.

이혁은 빙긋 웃으며 차에서 내렸다.

따라 내린 편정호가 불쑥 오른손을 내밀었다.

손바닥을 활짝 편 상태.

이혁도 말없이 손을 내밀었다.

굳게 마주 잡은 손바닥을 통해 서로의 감정이 전해졌다.

이혁은 손을 놓았다.

돌아선 이혁의 등을 향해 편정호가 묵직한 목소리로 말했다.

"내가 이곳에 있는 한 언제든 와라. 네가 쉴 자리는 비워놓겠다."

이혁이 심드렁한 어투로 말을 받았다.

"난 남자 좋아하지 않는다구."

편정호의 얼굴이 일그러졌다.

그가 버럭 소리쳤다.

"빌어먹을 놈, 여자나 밝히며 그런 말해라!"

이혁은 손을 흔들며 숲으로 걸어 들어갔다.

숲으로 100여 미터를 걸어 들어갔을 즈음, 바지 호주머니 속에서 휴대폰이 진동했다.

[날세.]

상대는 제이슨이었다.

"말씀하십시오."

[곤란하게 됐어.]

제이슨의 어조에서 난감해 하는 기색이 느껴졌다.

그가 말을 이었다.

[누군가 검찰 상부에 손을 썼어. 자네가 대전의 연쇄살인 사건의 유력한 용의자로 지목되어 있네. 목격자뿐만 아니라 물적 증거도 확보되어 있다고 하네.]

"연쇄살인이요?"

이혁은 순간적으로 어이가 없어 걸음을 멈췄다.

연쇄살인이라면 그 괴물들이 처음 대전 시내에서 사람들을 죽인 사건이다. 자신이 그 사건의 유력한 용의자라니.

예상치 못했던 상황의 연속이었다.

이혁은 혀를 차며 머리를 뒤로 쓸어 넘겼다. 그 손길에 짜증이 잔뜩 묻어났다. 저절로 한숨이 흘러나왔다.

"태양회가 손을 쓴 것이겠군요."

[나도 그렇게 생각하네만 시간이 촉박해서 그것까지 확인하지는 못했네. 보안 유지가 아주 철저해. 이 정도를 알아내는 것도 쉬운 일이 아니었네. 검찰의 최고 수뇌부들 중 누군가가 지휘를 하고 있는 것 같더군.]

제이슨 이 나라에서 대단한 영향력을 행사할 수 CIA의 한국 지부 책임자였다. 하지만 그가 아무리 거물이라 해도 모든 일을 즉각적으로 해결할 수는 없었다.

이번 경우도 그랬다. 불가능하지는 않아도 시간이 걸리는 건 어쩔 수 없는 것이다.

이혁은 하늘을 올려다보았다.

아직 해는 많이 남아 주변은 환했다. 하지만 그의 마음은 눈에 보이는 풍경처럼 밝아지지 않았다.

차라리 히트맨들이 그를 찾아왔다면 마음도 편하고 상대하기도 쉬웠을 것이다. 그러나 그에게 온 자들은 태양회나 진혼이라는 조직은 들어본 적도 없는 공무원들이었다. 적일 수도, 그렇게 되어서도 안 되는 상대였다.

'젠장……'

목에서 욕설이 튀어나올 것만 같았다.

세상일이라는 게 힘만으로 전부 해결되는 게 아니라는 걸 다시 한 번 절감하는 순간이었다. 기분이 유쾌할 수는 없었다.

"태양회에서 손을 쓴 검찰 인물이 누군지 알아내게 되면 알려주십시오."

[방문하려고?]

"끊어진 선을 연결할 수 있는 단서입니다. 버릴 수는 없습니다."

[자네 마음을 모르는 건 아니네만, 재고하길 바라네. 지금은 일을 크게 벌일 때가 아니야. 자네가 강한 건 인정하네. 하지만 개인이 아닌 거대 조직을 단독으로 상대하기엔 아직 많이 부족해. 그걸 자네도 느끼고 있지 않나? 이 땅에서 저들은 결코 쥐새끼처럼 궁지에 몰리지만은 않을 걸세. 그러기엔 저들이 가진 힘이 너무 크니까.]

제이슨은 잠시 말을 멈추고 입술을 축인 후 말을 이었다.

[태양회와 연결된 검찰 인물을 알아내는 건 시간이 걸릴 뿐, 어려운 일은 아니네. 그러나 당장 손을 쓰지는 말아주었으면 하네. 그 인물이 갑자기 죽거나 어디로 사라지는 것도 아니지 않나. 지금은 우선 자네의 안전을 확보한 후 저들의 경계가 느슨해질 때를 기다리는 게 현명한 일이라고 보네. 시간이 걸리더라도 그게 낫지 않겠나.]

제이슨의 말은 신랄했지만 정중함을 잃지 않았다. 그만큼 그는 이혁이라는 남자를 인정하고 있었다.

이혁은 대답하지 않고 전화를 끊었다.

상식적으로 생각하면 제이슨의 의견이 옳았다. 그는 사문의 무예를 완성하지 못한 상태였고, 진혼의 지원 없이 혼자 태양회를 상대하는 건 위험부담이 컸다.

그도 강하지만 저들도 약자가 아닌 것이다.

고민이 필요한 시점이었다.

이혁은 묵묵히 걸음을 옮기기 시작했다.

제6장

"놓쳐?!"

분노한 문지석의 고함 소리가 사무실을 뒤흔들었다. 휴대폰에 대고 소리치는 그의 눈에서 불똥이 튀고 있었다.

그는 몇 번 깊게 호흡을 해서 거칠어진 숨을 가다듬었다. 그리고 상대에게 속사포처럼 질문을 쏟아부었다.

"점심시간까지 학교에 머물렀다며? 그런 놈을 어떻게 놓칠 수 있냐? 대체 서울지검에서 어떤 놈들을 내려 보낸 거야? 수사의 기본도 모르는 신입들을 보낸 거냐?"

말은 하는 와중에 언성이 높아지고 다시 숨결이 거칠어졌다. 반면 대답하는 전화 상대의 목소리는 갈수록 작아졌다.

[죄송합니다. 연쇄살인을 저지른 놈이 설마 평범한 고

등학생과 섞여 학교에 있을 거라고는 생각하지 못했던 것 같습니다.]

"정말 어처구니가 없군. 그놈이 평범한 놈이었으면 연쇄살인 같은 짓을 저지를 수 있었겠나? 보통 사람과는 다른 사고 체계와 행동 방식을 가진 놈이니까 그런 짓을 할 수 있었을 거라는 생각을 왜 하지 못한 거냐!"

결국 참지 못한 문지석이 다시 소리를 지르며 책상을 있는 힘껏 내려쳤다.

쾅!

잠시 이를 악물고 있던 그가 입을 열었다.

"일이 틀어졌으니 놈도 눈치채고 몸을 숨기려고 할 거다. 놈은 괴물 같은 능력을 가지고 있어. 숨어서 움직이기 시작하면 대처하기 쉽지 않은 놈이야."

말을 잇는 그의 목소리에 날이 섰다.

"전국 검경에 수배 전단 돌리고 즉시 공개수사로 전환해. 그리고 전담팀에게 추적 수사를 맡겨. 포상은 최대로 걸고. 경찰이 눈에 불을 켜고 찾기 시작하면 이 좁은 땅에서는 마음대로 움직이기 어렵지. 일단 놈이 운신할 수 있는 폭을 좁혀놔야 한다."

누군가 들었다면 민간인인 그가 어떻게 검경에 저런 지시를 할 수 있는지 이상하다고 생각하거나 미친놈이라고 비웃었을 것이다.

하지만 당사자인 그는 검찰과 경찰이 자신의 지시에 따르지 않을 거라는 생각자체를 하지 않는 듯했다.

[알겠습니다, 실장님.]

문지석은 전화를 끊었다.

털썩.

의자에 주저앉은 그는 상체를 던지듯 의자에 기댔다.

"빌어먹을… 번개처럼 놈을 잡아 포를 뜨려고 했는데… 꼬여 버렸군."

그는 입술을 비집고 나오려는 한숨을 간신히 참으며 중얼거렸다.

"회장님께는 보고드리지 않고 일을 진행한 게 천만다행이다. 보고부터 했으면 그분의 분노를 감당하기 어려웠을 거야."

말을 멈춘 그의 입에서 결국 나직한 한숨이 흘러나왔다.

"후우… 미꾸라지 같은 자식… 그런데 어떻게 검찰의 급습을 알고 몸을 피했을까? 진혼에게 그놈을 지원할 여력은 없을 텐데. 그놈에게 다른 조력자가 있는 걸까? 그것도 함께 알아봐야겠군. 그놈의 전투 능력을 알고 있으면서도 나이가 어려 나도 모르는 사이 방심했었던 거같다. 변명의 여지가 없는 내 실책이야. 하지만……."

그의 눈에 스산한 살기가 떠돌았다.

"실수는 이걸로 족하다, 이혁!"

이를 갈며 한마디를 내뱉은 그는 휴대폰을 집어 들고 번호를 눌렀다.

*   *   *

대전 서구 둔산동의 대전지검 검사장실.

얼굴이 붉어질 정도로 흥분한 형사 3부장 이광철이 우뚝 서서 책상 맞은편에 앉아 있는 윤흥수 지검장을 뚫어지게 노려보며 씩씩거리고 있었다.

윤흥수가 쓰게 웃으며 입을 열었다.

"진정하고 앉아, 임마."

이광철은 윤흥수의 중, 고등학교와 대학교 후배여서 단둘이 있을 때는 편하게 말한다.

"지검장님, 제가 지금 진정하게 됐습니까!"

190센티에 100킬로를 넘는 이광철은 다혈질이었고, 목소리도 기차 화통이라는 별명이 있을 만큼 컸다.

지금도 그가 지른 소리 덕분에 지검장실 창문이 떨릴 정도였다.

하지만 수십 년 동안 이광철과 동고동락하며 만성이 된 윤흥수의 표정은 여전히 평온할 뿐이었다. 그가 혀를 끌끌 차며 말했다.

"자식아, 그래도 진정해."

"어떻게 된 겁니까? 왜 연쇄살인 같은 강력사건에 서울 중앙지검이 직접 개입한 겁니까? 이게 말이 됩니까? 아무리 대형 사건이라도 그렇지, 서울에서 대전에 직접 사람을 보낸다는 게 있을 수 있는 일입니까? 내 얼굴에 똥물을 한 바가지 퍼붓는 짓이지 않습니까!"

"에효, 귀청 떨어지겠다."

윤흥수는 한숨과 함께 손가락으로 귀를 후비는 시늉을 했다.

그는 이광철의 심정을 충분히 이해했다.

대전지검의 조직체계는 서울이나 경기도와 조금 달라서 강력부가 없고, 형사 제3부가 강력 사건의 지휘를 맡는다.

그래서 대전 시민들을 공포에 떨게 만들었던 연쇄살인 사건은 형사 제3부로 배당되었고, 이광철은 부장으로 사건 지휘를 해왔다.

검사동일체라는 말이 법에 명시되어 있다고 해도 서울 중앙지검이 연쇄살인 사건의 용의자를 잡기 위해 사전에 이광철에게 아무런 설명이나 양해도 없이 직속 수사관들을 보낸 것은 대전지검의 형사 제3부를 무시한 처사였다.

윤흥수는 거구의 이광철을 올려다보며 말을 이었다.

"네게 말을 하지 않았을 뿐, 일 벌이기 전에 서울에서 연락이 왔었다.”

이광철의 눈썹이 위로 곤두섰다.

“형님! 어떻게 제게 아무 말도 없으실 수 있습니까!”

흥분이 지나치자 자신도 모르게 지검장님 대신 형님 소리가 나왔다.

“하아… 이 새끼……. 네가 지금처럼 굴게 뻔한데 어떻게 말을 하냐! 서울애들 일 시작하기도 전에 파토 내려고 할 게 눈에 보이는데!”

윤흥수도 결국 이광철에게 버럭 소리를 질렀다.

이광철이 어깨를 움찔하며 목을 움츠렸다.

그는 교복을 입고 다니던 코흘리개 시절부터 머리가 나쁘다고 윤흥수에게 종종 두들겨 맞았다. 그 관계는 지금도 바뀌지 않았다.

요즘도 술자리에서 일처리를 어설프게 한다고 윤흥수에게 뒤통수를 얻어맞곤 하는 게 그의 처지였다.

그래서 윤흥수가 흥분하면 일단 꼬리를 빼는 게 몸에 배어 있었다.

윤흥수가 조금 진정된 어투로 이광철을 불렀다.

“광철아.”

“예, 형님.”

“이거 서울 중앙 지검도 손발에 불과하니까 니가 흥분할 필요 없다.”

"예?"

이광철의 눈이 커졌다.

윤흥수는 고개를 슬쩍 내저으며 말했다.

"대검에서 기획한 수사인가 보더라. 그러니까 모르는 척해라. 단순한 연쇄살인이 아니라 뭔가 큰 건하고 관련이 있는 듯해. 서울지검장님께 슬쩍 운을 떼봤는데 그분도 내용을 잘 모르고 계시더라. 이게 무슨 뜻인지 알지?"

이광철의 안색이 눈에 띄게 굳어졌다.

그가 말했다.

"그럼 대검 수뇌부가 직접 지시하고 있다는……?"

윤흥수는 고개를 끄덕이며 말을 받았다.

"모양새는 그런데… 아무래도 그분들도 부탁을 받은 거 같단 말이다……."

단어는 '부탁'이지만 뉘앙스는 그것이 아니다. 대검 수뇌부가 어떤 사람들인데 검찰 밖의 사람들에게 부탁을 받고 움직일까.

부탁의 형태를 띤 지시였고, 그건 대검 수뇌부가 거부할 수 없는 윗선에서 움직이고 있다는 걸 의미했다.

"헉."

이광철의 입에서 신음과도 같은 헛바람이 새어 나왔다. 검사 생활이 15년이 넘는 그였다. 조직의 생리를 모를 리 없는 것이다.

"광철아, 그 양반들이 무슨 생각인지 너무 궁금해 하면 만수무강에 지장이 생긴다. 그러니까 자존심은 좀 상하지만 우리 이번 건에 대해서는 신경 끄는 게 어떨까 싶다."

형식은 권유지만 따르지 않으면 후환이 무궁할 게 불을 보듯 명확하니 명령이나 다름없는 말이었다.

"예……."

어깨를 축 늘어뜨린 이광철이 꾸벅 인사를 하고 검사장실을 나섰다.

그의 등을 바라보는 윤홍수의 눈에 짜증이 가득 떠올랐다.

"니기미 씨부럴, 대체 오더가 어떤 새끼한테서 떨어지고 있는 거야!"

평검사 시절의 윤홍수는 이광철이 명함도 내밀기 힘들 정도로 입이 걸고 행동이 거칠기로 유명했던 초다혈질 검사였다.

*   *   *

하숙집 주인 오 여사는 창백한 얼굴로 금방이라도 쓰러질 것처럼 비틀거렸다.

"말도… 안… 돼… 혁이가… 혁이가……."

식탁에 손을 짚고 간신히 몸을 지탱한 그녀가 중얼거렸

다. 충격이 큰 듯 그녀는 말을 제대로 잇지 못했다.

"엄마!"

옆에 서 있던 지윤과 지혜가 놀라 오 여사를 부축했다. 채현과 미지도 오 여사의 옆에 붙어 섰다.

다들 얼굴에 두려워하는 기색이 역력했다. 아무리 당차고 똑똑하다 해도 그녀들은 아직 세상 경험이 없는 중고생에 불과했다.

그녀들의 앞에는 남녀가 섞인 십여 명이 서 있었다.

맨 앞에 서 있던 사십대 중년인이 무표정한 얼굴로 손에 든 서류를 재차 앞으로 내밀며 말했다.

"판사가 발부한 압수수색영장입니다. 알고 계시리라 생각합니다만 이 영장은 연쇄살인 용의자 이혁의 주거지인 이곳을 수색하고 필요한 것을 압수해도 좋다는 허가증과 같은 겁니다."

그는 오 여사의 눈을 똑바로 바라보며 말을 이었다.

"협조해 주시면 고맙겠습니다."

그의 목소리에는 따르지 않으면 뭔가 좋지 않은 일이 벌어질 것만 같은 불안한 울림이 담겨 있었다.

오 여사는 다섯 명의 여자 중 가장 연장자다. 살아온 세월 덕분인지 그녀들 중 충격을 수습하는 속도 또한 제일 빨랐다.

"영장을 가져오셨으니 당연히 협조할 거예요. 하지만

사정을 좀 알고 싶군요. 혁이가 연쇄살인 용의자라니. 믿을 수가 없어요. 어떻게 그런 일이… 혁이가 좀 거친 면이 있긴 하지만, 그 나이 남학생들과 크게 다르지 않았어요. 그런 끔찍한 짓을 할 학생이 아닌데……."

그녀는 최대한 차분하게 말을 하려고 노력하고 있었다.

하지만 평생 검찰청은커녕 파출소 현관 문턱조차 넘어본 적이 없는 그녀라 목소리가 덜덜 떨리는 건 어쩔 수 없었다.

중년 남자는 무표정한 얼굴로 말을 받았다.

"수사 중인 사건에 대해서는 언급할 수 없습니다. 제가 말씀드릴 수 있는 건 사람은 겉으로 보이는 것만이 전부는 아니라는 겁니다."

그때까지 입술을 부들부들 떨며 주먹을 꼭 쥐고 서 있던 미지가 중년 남자에게 고개를 획 돌리며 말했다.

"무엇을 근거로 혁이를 그 사건의 용의자로 올렸는지는 모르겠지만 번지수를 잘못 짚으셨어요. 혁이는 절대로 그런 짓을 할 애가 아니에요!"

중년 남자가 미지를 보았다.

그는 어깨를 으쓱하며 말을 받았다.

"학생 이름이……?"

"연미지. 혁이 친구예요."

중년 남자를 보는 미지의 눈빛과 목소리에서 적의가 노

골적으로 드러났다.

사내는 혀를 한번 차고는 입을 열었다.

"미지 학생, 믿는 건 자유야. 누구도 뭐라고 하지 않아. 우리나라는 자유민주주의 국가니까. 하지만 믿음이 현실과 항상 일치하는 건 아니라네. 뭐, 지금은 이해되지 않겠지만 커서 세상을 겪다 보면 뼈가 저릴 정도로 잘 알게 될 거야."

말을 마친 그는 고개를 돌려 뒤에 있는 사람들에게 말했다.

"시작하지."

"예, 계장님."

십여 명의 남녀는 한목소리로 대답하고는 이리저리 흩어졌다.

남은 다섯 명의 여자는 소파와 의자에 털썩 주저앉았다.

지수는 겁먹은 얼굴로 오 여사의 품을 파고들며 말했다.

"엄마, 저 아저씨들 대체 무슨 소리를 하는 거야? 뭔가 잘못된 거지? 변태 오빠가 사람을 죽일 리가 없잖아?"

오 여사는 지수를 꼭 끌어안으며 고개를 끄덕였다.

"너무 걱정하지 않아도 될 거야. 저 사람들이 잘못 알고 있는 거란다. 혁이가 그런 무서운 짓을 할 리가 없잖니."

두 사람의 대화를 들으며 미지는 어깨를 축 늘어뜨렸다.

"미친… 개… 요새 멍할 때도 많고 뜬금없이 잠적하기도 하더니… 대체 어디서 무슨 짓을 하고 다닌 거야……."

채현이 떨리는 손으로 미지의 손을 잡았다.

"언니, 오빠가 그럴 리 없죠? 그렇죠?"

미지는 힐끗 채현을 돌아보며 말을 받았다.

"걔가 미친개기는 하지만 그런 짓을 할 리가 없잖아! 하는 짓이 가끔 사람을 놀라게 하기는 해도 혁이는 죄 없는 사람을 이유 없이 죽일 정도로 망가진 애가 아니야."

"그렇죠. 오빠가 그런 무서운 짓을 할 리가 없어요."

채현의 얼굴이 조금 밝아졌다.

그때까지 말없이 오 여사를 부축하고 있던 지윤이 중얼거렸다.

"나도 혁이가 그런 짓을 했을 거라고 생각하지는 않지만……."

오 여사와 소녀들의 시선이 지윤을 향했다.

지윤은 자타가 공인한 영재다.

그녀가 말을 이었다.

"검찰이 압수 수색을 하러 올 정도면 혁이가 연쇄살인

과 어떤 식으로든 관련이 있다는, 최소한의 심증을 가질 만한 단서를 잡은 거 아닐까 싶어…….”

그녀는 입을 다물었다.

더는 할 수 있는 말이 없었다.

오 여사와 소녀들의 얼굴이 어두워졌다.

“하아…….”

누구의 입에서 흘러나온 것인지 알 수 없는 한숨이 그녀들의 심정을 대변하고 있었다.

*　　　*　　　*

제이슨의 이마에는 주름이 여러 개 늘어나 있었다. 그는 곤혹스러워 하는 기색이 가득한 말투로 중얼거렸다.

“일이 너무 커졌어.”

에이단이 호기심 어린 눈으로 제이슨을 보며 물었다.

“제이슨, 미스터 리 수배된 것 때문에 그래요? 수배는 풀릴 때까지 좀 기다리면서 쉬면 되잖아요? 제가 볼 때는 걱정이 지나친 거 같은데요?”

제이슨이 에이단에게 고개를 돌리며 말을 받았다.

“그건 네가 이 나라에 대해 잘 몰라서 그래. 첨단 시스템이 없던 후진국 시절에도 이 정도로 공안 수뇌부의 관심이 집중된 범죄자는 검거되지 않은 적이 거의 없어. 요즘처럼 시스템이 잘 갖춰진 시대에는 두말이 필요 없을 정도로 검거율이 높다고. 시간이 얼마나 걸리냐의 문제일 뿐이야."

"헤에, 그래요? 대단한데요!"

에이단이 눈을 크게 뜨며 탄성을 토했다.

제이슨은 고개를 끄덕이며 시선을 창밖으로 돌렸다.

강북에 마련된 안가는 언덕 위에 있었다. 넓은 정원을 갖춘 그곳은 서울의 주택답지 않게 시야가 탁 트여 전망이 좋은 편이었다.

그가 말했다.

"국토가 드넓은 미국과 이 나라를 같게 생각하면 안 돼. 이 나라는 땅덩어리가 손바닥만 할 정도로 좁아. 삼면도 바다로 둘러싸여 있고. 게다가 반도의 중간부터 위쪽은 발만 들여놓아도 총질을 해대는 북한이야. 한창 전국에 CCTV가 깔리고 있는 중이기도 하고. 전국 경찰이 저인망식으로 훑어대면 숨을 수 있는 곳이 없다고."

가을이 깊어가고 있는데도 핫팬츠에 탱크톱을 입고 늘씬한 몸매를 여과 없이 드러낸 모습으로 창가에 기대어 서 있던 레나가 물었다.

"우리가 지원해도 어렵단 말인가요?"

제이슨은 고개를 끄덕였다.

"한국에서는 어려워. 한국 정부가 공식적으로 수배하고

있는 사람을 우리가 보호하고 있다는 게 밝혀지는 날에
는… 설마 전국 수배를 할 줄이야… 이건 진심으로 해보
자는 건데……."

그는 머리를 절레절레 흔들었다.

만약 그것이 밝혀진다면 한미 관계의 특성상 윗선에서
정치적으로 문제를 해결하려 할 것이고, 결국엔 그렇게
될 것이다.

그러나 그 후 감당할 수 없는 폭풍이 현장 요원들에게
몰아칠 건 의심의 여지가 없었다. 누군가는 책임을 져야
할 테니까.

제이슨은 그런 류의 폭풍을 온몸으로 받을 마음이 전혀
없었다.

레나가 다시 물었다.

"그럼 어떻게 하실 생각이에요?"

제이슨의 눈매가 가늘어졌다.

깊게 가라앉은 눈으로 그가 입을 열었다.

"이 나라를 뜨게 해야지. 이 정도 상황이면 그도 우리
의 제안을 받아들일 수밖에 없을 거야. 이 나라에서 그가
도움을 청할 수 있는 건 이제 우리밖에 없으니까."

"그가 받아들일까요?"

"받아들이게 해야지. 그렇지 않으면 우리도 곤란해져."

레나가 그를 보며 윙크를 했다.

"능력을 보여주리라 믿을게요."

제이슨은 얼굴을 일그러뜨리며 중얼거렸다.

"망할……."

알게 된 지 얼마 되지 않았지만 이혁의 고집을 몸서리 쳐질 정도로 경험한 그였다.

＊　　　　＊　　　　＊

인천의 차이나타운 후면 주택가.

"운기와 무린을 죽인 놈을 알 수 있을 것 같다고?"

"예, 따거."

검은 양복을 입은 남자는 창가에 등을 보이고 서 있는 장신의 사내를 향해 고개를 숙이며 대답했다.

장신 사내가 입을 열었다.

"말해봐."

양복사내는 지체 없이 말을 시작했다.

"얼마 전 태양회는 정체를 알 수 없는 자에게 조직원 몇이 살해당하는 일이 발생했습니다. 과정을 모두 알 수는 없었지만 그들은 살인자를 추적한 끝에 범인이 이혁이라는 고등학생임을 밝혀낸 것 같습니다. 그렇게 판단하는건 그들이 현재 청와대와 검찰 수뇌부의 요인들을 움직여이혁을 추적하고 있기 때문입니다."

사내의 눈빛이 차갑게 번뜩였다.

그가 말을 이었다.

"이 나라에서 태양회의 조직원을 집요하게 추적, 살해하려 할 자들은 진혼 소속의 집행자들밖에 없습니다. 그리고 지난 세월 동안 태양회가 지금과 같은 열의를 보이며 추적하는 대상은 진혼뿐이었고요. 그런데 그 진혼은 갑하산에서 주력 전투 요원들이 적무린 대주님에 의해 전멸당했죠."

그는 장신사내의 안색을 살피며 말을 계속했다.

"최근 태양회의 조직원들을 죽인 자는 갑하산에서 진혼을 도와 우리 형제들과 싸운 복면인일 가능성이 대단히 큽니다. 그리고 그는 진혼과 어떤 식으로든 깊은 관련이 있을 겁니다. 그렇지 않다면 그가 싸움에 끼어들어 우리를 적대할 이유가 없었으니까요."

장신사내가 천천히 뒷짐을 지며 말을 받았다.

"그렇다는 건 운기와 무린을 죽인 복면인이 이혁이라는 놈이거나 최소한 이혁이라는 놈이 그 복면인을 알고 있을 거라는 말이로군."

"그렇습니다."

양복사내의 눈가에 그늘이 졌다.

그가 말을 이었다.

"무슨 수를 쓰든 이혁이라는 놈을 잡아야 합니다만…

지금 한국 검경이 눈에 불을 켜고 그를 찾고 있어서 우리도 움직이기 어렵습니다."

장신사내는 고개를 끄덕였다.

양복사내는 능력 있는 자였지만 이곳은 외국 땅이었다. 중국에서처럼 정부의 요인에게 선을 대기가 쉽지 않은 것이다.

그가 물었다.

"그놈에 대한 추적을 지휘하는 태양회의 요인은 누군가?"

"문지석 비서실장인 듯합니다."

"그에게 연락해, 내가 만나고 싶어 한다고."

장신사내의 명령은 절대적이다.

양복사내는 즉시 고개를 숙였다.

"예, 따거."

양복사내가 방을 떠난 후 혼자가 된 장신사내는 뒷짐을 졌던 손을 풀었다. 그리고 천천히 양 손바닥을 창문에 가져다 댔다.

"운기… 무린… 저승길이 쓸쓸하지 않게 해주마. 반드시 내가 너희를 볼 수 없게 만든 자를 곁으로 보내주겠다."

그의 전신에서 흘러나온 무시무시한 살기가 단숨에 방 안을 가득 채웠다.

　　　　＊　　　　　＊　　　　　＊

　부우우웅.

　승용차의 엔진음이 작아지며 속도가 줄어들었다.

　뒷자리에 앉아 누군가와 통화를 하던 이혁이 휴대폰을 껐다.

　그의 눈 끝은 일그러져 있었다. 통화 시간은 1분도 되지 않았다.

　그러나 기분은 마치 한 시간 넘게 얘기한 것 같았다. 그 정도로 사람을 피곤하게 만드는 대화였다.

　그가 통화한 상대는 제이슨이었다.

　"이 아저씨도 잔소리가 장난 아니군. 누나하고 마음이 아주 잘 맞겠어."

　낮은 중얼거림이었지만 운전석에 있던 사내는 그걸 들은 모양이었다.

　"그 정도를 잔소리라고 하면 곤란하지. 난 차렷 자세로 서서 두 시간 동안 들은 적도 있다구."

　그의 말과 함께 차가 섰다.

　사내가 고개를 돌렸다.

　아마도 가명이겠지만 자신을 유진구라고 밝힌 그는 삼십대 초반의 한국인으로, 순하고 서글서글한 인상과 눈빛을 가진 보통 키의 사내였다.

정체를 알지 못하고 만났다면 직업이 교사가 아닐까 하는 생각이 들 정도로 그의 외모는 단정하고 평범했다.

"내려, 이곳이 목적지다."

"멀리도 왔습니다."

이혁은 쓴웃음을 지으며 말했다.

계룡산에서 밤을 지내고 새벽에 반대편으로 내려오자 그곳에는 유진구가 기다리고 있었다. 그는 이혁을 픽업해 세 시간여를 쉬지 않고 달려왔다.

한국 땅에서 자동차로 세 시간 거리면 짧다고 말할 수 없다.

유진구도 피식 웃었다.

"미국이라면 멀지 않다고 했겠지만, 이곳은 한국이니까 네 말이 맞다. 아무튼 너 때문에 급하게 구한 안가야."

차가 선 곳은 다세대 주택이 밀집한 골목 안쪽이었다. 많지는 않아도 오가는 사람들이 끊이지 않았다.

특이한 건 사람들 대부분이 가방을 매거나 들고 있는 대학생 풍의 젊은 남녀들이라는 것이었다.

유진구는 창밖으로 보이는 3층 빌라를 눈으로 가리키며 이혁에게 열쇠를 하나 건넸다.

"저 건물 101호다. 반지하 원룸이야. 당분간 생활에 불편함이 없도록 기본적인 가재도구는 다 갖춰놨다."

'세경빌라'라고 쓰여 있는 건물의 외벽을 힐끗 본 이혁이 물었다.

"여기, 어딥니까?"

"강원도 영월, 세경대학 인근이다. 학기 중이라 네 또래 학생들이 많아서 은신하기 좋다. 어떤 조직이든 다수의 무리가 움직이면 금방 눈에 띄는 곳이기도 하고. 내 역할은 여기까지다."

이혁은 차에서 내렸다.

유진구는 이혁을 돌아보지도 않고 차를 출발시켰다.

터벅터벅 건물로 들어선 이혁은 계단을 내려갔다.

현관문도 아니고 그 위쪽 프레임에 굵은 사인펜으로 쓴 101호라는 검은 글자가 보였다.

문을 열고 들어선 집 안은 생각했던 것보다는 상태가 괜찮았다.

유진구가 한 말처럼 침대와 책상, 거울을 비롯한 가재도구들이 잘 정돈되어 있었다.

풀썩.

이혁은 침대에 쓰러지듯 몸을 던졌다.

"전국에 살인 용의자로 지명수배 되었다고… 지랄이네……."

제이슨은 하루 사이에 상황이 어떻게 변했고 또 진행되고 있는지 이혁에게 상세하게 설명해 주었다. 신속하게 이 땅을 떠나야 한다면서.

이혁은 물끄러미 천장을 올려다보았다. 이곳을 꾸민 자들은 가재도구는 갖춰놨지만 벽지와 장판까지 갈지는 않았다.

덕분에 천장의 아이보리색 민무늬 벽지 구석에 피어난 곰팡이들이 그대로 눈에 들어왔다.

천장을 보는 이혁의 눈에 조금씩 힘이 들어갔다.

"인정하지, 지금의 내 힘으로 너희들의 중심부를 타격하기 힘들다는 걸. 하지만 이대로 이 땅을 떠나는 건 모양새가 좀 아닌 거 같거든. 미친개가 아무것도 물지 않고 꼬리를 말 수야 있나. 그러니까 내가 태어난 이 나라를 등떠밀려 나가야 하는 값을 좀 받아내야겠다."

낮은 그의 음성에서 진득한 피 냄새가 났다.

* * *

"이혁이 연쇄살인 사건 용의자라니, 그게 무슨 개소리예요!"

이수하는 있는 대로 소리를 질렀다.

과장이 주재하는 팀장 회의에 들어갔다가 나온 최태영이 어이없다는 얼굴로 이수하에게 주먹을 들어 올렸다.

"개소리? 니 아비 생각해서 참는다만 한 번만 더 그딴

소리하면 진짜 죽을 줄 알아!"

이수하의 어깨가 잠시 움츠러들었다. 하지만 그 시간은
1초도 지속되지 않았다.

그녀는 정신이 반쯤 나간 얼굴로 최태영의 책상에 두
손을 짚으며 말했다.

"팀장님, 우리 그 사건 수사했잖아요. 그 사건하고 이
혁은 상관이 없다고요."

이수하가 이혁이 전시관 사건의 복면인과 관련이 있다
면서 끈질기게 혼자서 수사했던 걸 모르는 팀원은 없었다.

그래서 이수하가 이혁에 대해 잘 아는 듯 말했을 때도
이상하게 생각하지 않았다.

최태영이 대답했다.

"단언할 수 없다."

"왜요?"

질문하는 이수하의 어투는 으르렁거리는 맹수를 연상시
켰다.

그 기세에 상체를 뒤로 젖힌 최태영이 떨떠름한 얼굴로
대답했다.

"사건이 발생한 시간대에 이혁을 본 사람이 없단다."

"하숙집에 있었을 텐데요?"

"그럴지도 모르지. 하지만 하숙집 여자들도 이혁이 집
에 있었다고 자신 있게 말을 하지 못하나 보더라. 그저 방

안에 있어서 못 본 거 같다고 말할 뿐."

"그 자식 성격이 미친개 같은 구석이 있긴 하지만 일가족을 몰살시키거나 할 녀석은 아니라고요."

"그건 네 생각이고. 위에서는 그렇게 보지 않는 거 같다."

이수하는 양 손가락으로 머리카락을 움켜잡았다.

머리가 터질 듯 아파왔다.

대전을 비운 사흘 동안 믿어지지 않는 일이 벌어진 것이다.

그녀는 자리에 풀썩 주저앉으며 중얼거렸다.

"대체 뭐가 어떻게 돌아가고 있는 거야……?"

이번에는 최태영이 물었다.

"야, 니가 그놈이 전시관 사건의 복면인일 가능성이 있을 거라고 주장했었잖아. 위에서 네가 했던 주장의 근거에 대해 궁금해 하고 있다. 곧 부를 거야. 브리핑 준비해 둬."

이수하는 눈을 감았다.

어디서부터 무엇이 꼬였는지 감조차 잡히지 않았다. 하지만 머릿속에서는 계속해서 사이렌 소리가 났다.

감이 극악이라고 할 정도로 좋지 않았다.

'혁이가… 갑하산에서 사람들을 죽인 건 사실이야. 내 눈으로 봤으니까. 하지만 연쇄살인 사건은 그와 관련이 없어. 혁이는 전시관에서 사람들을 구했어. 갑하산에서 그가 죽인 자들은 무엇 때문인지 서로를 죽이던 자들이었고. 그 행위를 용서할 수는 없지만 혁이에게는 그들을 죽여야만 하는 이유가 있는 듯했어. 적어도 혁이는 아무 이유 없이 평범한 사람들을 죽이는 그런 미친 사이코패스 살인마는 아니야.'

생각이 정리되자 결론이 났다.

'이건 조작이야. 누군가 혁이를 살인마로 몰고 있어. 하지만 대체 왜? 그의 주변에 무슨 일이 벌어지고 있는 거야?'

이수하는 눈을 감았다.

정신적인 충격이 너무 컸다.

피로가 전신을 물먹은 솜처럼 만들고 있었다.

제7장

오 여사와 네 소녀는 반쯤 넋이 나간 얼굴로 거실 소파
에 나란히 앉아 축 늘어져 있었다.

반나절이 넘게 지속되었던 압수 수색이 끝난 후 형사들
은 철수했다.

그러나 그녀들의 풀린 눈빛과 기운이 없는 몸짓은 여러
시간이 지났음에도 정신적 충격의 여진이 조금도 약해지
지 않았음을 알려주고 있었다.

처음에는 모여서 놀란 심정을 토로하기도 하고, 자신의
생각을 숨김없이 얘기했지만 지금은 아무도 먼저 입을 열
지 않았다.

심적으로 많이 지치기도 했고, 돌아가는 사정을 정확하
게 알고 있는 사람이 없어서 말을 해봤자 궁금증만 더할

뿐이라는 걸 알고 있었기 때문이었다.

침묵은 거실 한 켠에 놓인 전화기의 벨이 울리며 끝났다.

모두의 시선이 전화기를 향했다. 때가 때인지라 그녀들의 눈에는 긴장된 기색이 떠올라 있었다.

"누구지……?"

막내인 지수가 고개를 갸웃하며 자리에서 일어났다. 다들 핸드폰을 갖고 있는 터라 거실 전화기가 울리는 경우는 흔치 않았다.

수화기를 집어든 지수가 물었다.

"누구세요?"

상대의 대답을 들은 지수의 안색이 하얗게 변했다.

그녀의 낯빛 변화는 극적이라고 할 정도로 급격해서 보고 있던 사람들을 흠칫하게 만들었다.

오 여사가 벌떡 일어나 지수에게 뛰듯이 걸어가며 물었다.

"지수야, 왜 그래?"

지수는 입만 벙긋거리며 귀에서 뗀 수화기를 오 여사에게 내밀었다. 그녀는 더듬거리며 작은 목소리로 말했다.

"어… 엄마……. 오빠… 혁이 오빠… 야."

오 여사는 지수의 말이 끝나기도 전에 그녀의 손에서 수화기를 빼앗듯이 받아들고는 수화기를 귀에 가져다댔다.

"혁이?"

[예, 오 여사님. 접니다.]

그녀가 무척 좋아했지만 자주 듣기는 어려웠던, 진지할 때만 나오는 이혁의 굵고 낮은 목소리가 수화기에서 흘러나왔다.

"거기 어디야? 다친 곳은 없니? 밥은 먹었어? 잠은 제대로 자고 다니는 거야?"

이혁이 대답할 틈을 찾을 수 없을 만큼 오 여사의 질문은 쉼 없이 쏟아졌다.

휴대폰을 쥔 이혁의 손에 자신도 모르는 사이 힘이 들어갔다. 그는 오 여사에게 들리지 않도록 조심하며 깊게 숨을 들이마셨다.

오 여사는 경찰과 검찰 직원들에게 들어서 그가 어떤 혐의를 받고 있는지 알고 있을 터였다.

그런데도 그녀는 그것에 대해 한 마디도 묻지 않았다.

그녀의 음성에 스며 있는 건 호기심이나 두려움이 아니었다. 그저 걱정만이 어려 있을 뿐이었다.

이혁은 하늘을 올려다보았다.

구름이 옅게 깔린 하늘은 별을 보여주지 않고 있었다. 하지만 이혁은 오늘 밤 올려다본 하늘이 다른 날보다 아주 많이 따듯하고 밝게 느껴졌다.

그는 조금 느릿하게 입을 열었다.

[저는 잘 있습니다. 걱정하지 마세요. 많이 놀라셨죠?]

오 여사는 놀란 토끼눈이 되어 자신을 주시하고 있는 세 소녀를 돌아보고는 대답했다.

"나보다 애들이 놀랐어. 정말 괜찮은 거니?"

[그런데… 왜 묻지 않으세요?]

오 여사는 이혁의 질문이 무엇을 의미하는지 대번에 알아들었다.

"믿으니까. 혁이가 그런 짓을 할 사람이 아니라고 믿으니까."

그녀의 대답은 잠시의 망설임도 없었다. 하지만 목소리는 꽉 잠겨서 퍽퍽했다.

이혁의 입가에 희미한 미소가 떠올랐다. 자신을 믿어주는 오 여사의 마음이 손에 잡힐 듯 느껴졌다.

그가 말을 받았다.

[예… 여사님. 제가 아닙니다.]

더 이상 할 말은 없었다.

자세한 설명을 할 수 있을 만큼 여유 있는 상황도 아니었고, 할 수 있는 일도 아니었다.

설령 설명을 한다고 해도 그것을 알아듣기엔 오정희 여사는 너무 평범한 보통 사람이었다.

무엇보다도 믿어주는 사람에게 무슨 긴 말이 필요하겠는가.

이혁은 한번 더 길게 숨을 들이마시고 말을 이었다.

[그동안 감사했습니다. 주변이 평온해지면… 꼭… 찾아뵙겠습니다.]

이혁은 비어 있는 왼손을 부서져라 움켜쥐었다.

가슴에 칼이라도 꽂힌 것처럼 아릿한 통증이 일어났다.

기억도 가물가물한 어린 시절, 뛰어 놀다가 넘어져 무릎이 까졌을 때 부드럽게 안아주던 어머니의 품과 눈빛이 오 여사의 잠긴 목소리에서 되살아나고 있었다.

"내가 무슨 도움이 되지는 않겠지만 그래도……. 언제든 도움이 필요하면 찾아오렴."

이혁은 오 여사가 보고 있기라도 한 것처럼 고개를 끄덕이며 말했다.

[예, 여사님……. 건강하십시오. 다들 다시 만날 때까지 건강하라고 전해주시고요. 이 말씀을 드리고 싶어서 전화 드렸습니다.]

오 여사는 한 손으로 입을 막았다. 눈가에 그렁그렁하게 맺힌 물방울이 어느새 양 볼을 적시며 아래로 흐르고 있었다.

그녀는 안간힘을 다해 입술의 떨림을 참기 위해 노력하며 말했다.

"너도… 너도… 조심해. 밥 꼭꼭 챙겨 먹고 다니고, 아

프지 말고… 객지에 혼자 있을 때 아프면… 그것처럼 서
러운 일도 없어…….”

이혁은 악물었던 이를 풀며 대답했다.

[예, 여사님. 끊겠습니다.]

오 여사는 수화기를 내려놓았다.

소녀들의 시선이 자신을 향하고 있다는 것을 알고 있었
기에 그녀는 재빨리 손등으로 눈을 훔쳤다.

지수와 지윤이 그녀의 양팔을 부여잡았다.

그녀는 딸들과 다른 소녀들을 돌아보며 입을 열었다.

“별일은 없단다. 걱정하지 말고 잘 지내라고 전해 달
래.”

그녀는 소리 없는 탄식과 함께 말을 이었다.

“그동안 나도 혁이와 정이 많이 들었나 봐. 어른이 되
어가지고 민망하게 눈물이 흐르네.”

“엄마…….”

“여사님…….”

“어머니…….”

네 소녀는 오 여사를 둘러싸고 서로를 끌어안았다.

이혁을 걱정하는 마음이 그녀들을 하나로 만들어주었
다.

＊　　　　　＊　　　　　＊

대전 중리동에 있는 고층 건물의 7층 사무실에서는 십여 명이 넘는 남자들이 입을 굳게 다문 채 눈을 빛내며 중앙에 앉아 있는 남자를 주시하고 있었다.

나이가 서른 전후가량으로 추정되는 남자는 실핏줄이 붉어진 눈으로 모니터를 뚫어지게 보며 바쁘게 자판을 조작하고 있었다.

그러던 어느 순간 그의 입가에 환한 미소가 떠올랐다. 그것을 본 누군가 급하게 물었다.

"추적 되었나?"

자판을 조작하던 남자에게 질문을 한 남자는 사십 초반의 회색 양복을 입은 사내였다.

머리가 짧고 마른 체격을 가진 그의 눈빛은 마주 보기 어려울 정도로 냉정한 빛을 발하고 있었다.

자판의 사내가 대답했다.

"예, 아슬아슬했지만 놈의 위치가 잡혔습니다."

양복사내의 얼굴도 환하게 밝아졌다.

"어디야?"

"강원도 영월입니다. 세경대학 인근의 주택가로 나옵니다. 놈도 우리가 실시간 감청을 하고 있을 거라는 건 예상하고 있었겠지만 시간 조절에 실패했습니다."

양복사내의 입가에 비릿한 미소가 떠올랐다.

그가 중얼거렸다.

"전투 능력은 어떨지 몰라도 아직 경험이 부족한 놈이다. 처음엔 방심해서 놓쳤지만 이번엔 그런 실수를 하면 안 된다."

그의 시선이 뒤에 시립해 있던 사내들을 향했다.

"서두르자. 여유를 주면 또 어디로 튈지 모른다. 가자!"

"알겠습니다."

십여 명의 사내가 힘차게 대답하며 뛰듯이 사무실 문을 열고 나갔다. 그들의 전신에서 긴장과 함께 뜨거운 열기가 뿜어져 나왔다.

*　　　　*　　　　*

박대섭은 말없이 문지석을 응시했다.

그의 시선을 받은 문지석의 이마에 식은땀이 송골송골 솟았다. 침묵의 무게에 짓눌려 그의 허리가 구부정해지려는 즈음 박대섭이 입을 열었다.

"그래, 이혁이라는 놈을 잡으려고 검찰에서 영월에 사람을 보냈다 이거지?"

"예."

"몇이나?"

"서울중앙지검 강력부의 계장 셋에 경찰청에서 지원한 형사 열둘까지 도합 열다섯 명입니다."

박대섭은 눈살을 찌푸렸다.

"많지 않군."

"그렇긴 합니다만, 전원 권총으로 무장하고 있습니다."

박대섭은 덤덤하게 웃으며 툭 뱉듯이 말했다.

"권총 열다섯 자루로 놈을 잡을 수 있을 거라고 생각하는 건가?"

문지석의 눈동자가 미세하게 흔들렸다. 그는 쉽게 입을 열지 못했다. 이혁과 관련된 일 중, 예상대로 진행된 경우는 지금까지 한 번도 없었다.

대답을 기대하지는 않은 듯 박대섭이 바로 말을 이었다.

"자네를 질책하고자 하는 게 아니야. 열다섯으로 그놈을 잡을 수도 있겠지. 하지만 옛 사람들도 만사 불여튼튼이라고 하지 않았나. 놈은 상식으로 재단할 수 없는 능력을 갖고 있네."

잠시 말을 멈춘 그가 문지석에게 물었다.

"앙천의 척살대는?"

"제 연락을 기다리며 대기하고 있습니다."

문지석의 대답을 들은 박대섭은 잠시 생각을 하더니 입을 열었다.

"그들을 먼저 투입하도록 하게."

문지석이 눈을 크게 떴다.

"먼저… 말입니까? 그들을 이끄는 자는 앙천의 혈호(血虎)라고 불리는 적무군입니다. 만약 이혁이 그자의 손에 떨어진다면 곤란해질지도 모릅니다, 회장님."

"그럴 수도 있겠지. 적무군은 능력 있는 자니까. 하지만 이혁은 단신으로 마루타로 추정되는 것들을 소멸시키고 앙천 젊은 층 최고의 고수라 평가받던 적무린을 정면 대결로 죽인 놈일세. 적무군에게 쉽게 당할 놈이 아니야. 적무군이 강하다 해도 그자와 싸우게 된다면 최선은 양패구상일 걸세. 가능성이 크지 않긴 하지만 이혁이 오히려 적무군을 죽일 수도 있고."

"어부지리… 를 노리자는 말씀이십니까?"

문지석이 생각지 못했다는 듯 물었다.

박대섭이 고개를 끄덕였다.

"대신할 놈들이 있는데 굳이 앞서서 우리 손에 피를 묻힐 필요가 있을까? 적무군이 먼저 이혁을 만날 수 있도록 손을 써둬. 검경은 앙천보다 한발 늦도록 해놓고. 그게 적무군이 일하기 편할 걸세."

"알겠습니다."

문지석이 고개를 숙이며 대답하는 것을 보며 박대섭이 물었다.

"이번 일을 현장에서 지휘하고 있는 게 엄호길이라고
했지?"

"그렇습니다, 회장님."

"그에게 화륜(火輪) 셋을 붙여주게."

"화륜을… 말씀이십니까?"

문지석이 흠칫하며 되물었다. 그가 박대섭의 지시에 반
문하는 경우는 거의 없었다. 그만큼 놀란 것이다.

"앙천 척살대와 검경이 실패할 경우에 대한 대비도 해
야 해."

문지석이 조심스러운 태도로 박대섭의 기색을 살피며
물었다.

"아직 완성되지 않은 그들을 투입하는 건 위험하지 않
겠습니까? 만약 그들이 폭주라도 하게 된다면… 대전의
무역 전시관에서 벌어진 것과 비슷한 일이 벌어질 수도
있습니다."

박대섭은 씨익 웃으며 말을 받았다.

"상관없네."

저렇게 말하면 더는 토를 달 수 없다.

문지석은 고개를 숙였다.

"알겠습니다, 회장님."

박대섭이 말했다.

"원하는 것을 얻을 수만 있다면 얼마가 죽든 무슨 상관

인가. 자네가 신경 쓸 건 그놈을 놓치거나 화륜을 회수하
지 못하는 일이 발생하지 않도록 하는 것이야. 만약 그런
일이 생긴다면 엄호길뿐만 아니라 자네에게도 그 책임을
물을 걸세."

문지석의 등골을 타고 식은땀이 쭈욱 흘렀다.

그는 허리를 꺾었다.

"반드시 놈을 잡아오겠습니다, 회장님."

*   *   *

전화를 끊은 제이슨은 머리가 아픈 듯 인상을 잔뜩 쓰
며 손으로 이마를 짚었다. 그를 보며 레나와 에이단은 재
미있다는 듯 쿡쿡거리며 숨죽여 웃어댔다.

제이슨이 그들을 노려보며 말했다.

"웃겨? 이혁이 무슨 짓을 할지 모르는 판국인데 웃음들
이 나와?"

레나가 어깨를 으쓱했다.

"제이슨. 릴렉스, 릴렉스… 진정하라고요. 짜증이 난다
고 해서 그를 통제할 수 있는 것도 아니잖아요."

에이단이 그녀를 거들었다.

"레나 말이 맞아요. 어차피 벌어진 일인데 우린 떠날
준비나 해두자고요. 타이밍을 맞추지 못하면 그 사고뭉치

를 데리고 이 나라를 떠나는 일이 꽤나 번거로워질지도 모르니까요."

제이슨은 고개를 절레절레 내저으며 소파에 몸을 파묻었다.

그가 어이없다는 기색으로 중얼거렸다.

"이 나라 검찰과 경찰은 완전히 온실 속의 화초 같아. 어느 미친놈이 감청당할 게 뻔한데 자신과 깊은 관계가 있는 사람 집에 전화를 걸고 그렇게 오래 통화를 하느냐고……. 척 봐도 미끼라는 걸 알겠구만. 그런데도 넙죽 미끼를 무는 거 보면 확실히 이 나라의 치안이 지나칠 정도로 안정되어 있는 게 맞아."

레나가 웃으며 말을 받았다.

"이혁이 검경을 공격하지는 않을 테니 너무 염려하지 않아도 될 거예요. 그 정도로 일을 키우고 싶지는 않을 테니까."

그녀가 연이어 제이슨에게 물었다.

"검경을 조종하고 있는 자들의 움직임은 잡혀요?"

"아직."

레나가 휘파람을 불었다.

"휘이익, 제이슨! 너무 여유 부리는 거 아녜요?"

제이슨은 쓰게 웃었다.

"그들도 프로야. 쉽게 생각하면 안 돼."

"그래도 능력을 보여주세요. 이혁이 기다리고 있다고요!"

제이슨이 레나를 슬쩍 노려보며 말했다.

"요새… 이혁을 너무 챙기는 거 같은데 말이야… 수상한 걸?"

레나는 아무렇지도 않은 표정으로 말을 받았다.

"상상은 자유지만 지금은 일을 해야 할 때인 것 같은데요?"

제이슨이 혀를 끌끌 차며 대답했다.

"알았어, 알았다고."

다음 순간 눈빛이 날카롭게 변한 그가 말을 이었다.

"모두 만약의 사태에 대비하자고."

레나와 에이단이 장난스러운 얼굴로 말을 받았다.

"옛썰!"

*   *   *

사무실로 들어선 최태영은 떨떠름한 얼굴로 이수하를 불렀다. 다른 형사들은 모두 외근 중이었고 사무실에는 이수하뿐이었다.

"야, 이리 와."

어딘가 붕 뜬 얼굴로 멍하니 앉아 있던 이수하가 일어

나 흐느적거리며 최태영의 앞으로 걸어갔다.

최태영의 입에서 한숨과 탄식이 뒤섞인 중얼거림이 흘러나왔다.

"에효, 성질 같아선 저걸 확 그냥… 두들겨 패버릴까… 그러면 저놈 아비가 맨발로 뛰어와서 내 멱살을 틀어쥘 테지……. 염병!"

그의 앞에 도착한 이수하는 넋이 나간 사람처럼 몰골이 초췌했다.

최태영이 잔뜩 심통 난 목소리로 소리쳤다.

"꼬라지가 그게 뭐야!"

이수하는 풀린 눈으로 자신의 위아래를 훑어봤다.

"제 꼬라지가 어때서요?"

"사흘 동안 피죽 한 그릇 얻어 처먹지도 못한 상그지 꼬라지잖냐!"

이수하는 귀찮다는 기색이 역력한 얼굴로 말을 받았다.

"제가 끼니 어떻게 때우는지 궁금해서 부르셨어요? 몇 끼 굶는다고 안 죽어요. 더 볼일 없으시면 나갈래요."

"서, 이 자식아!"

최태영이 버럭 소리를 질렀다.

"아, 증말… 할 말 있으시면 빨리 하시라구요. 서 있기도 귀찮아 죽겠는데."

"이놈의 자식을 그냥 확!"

최태영이 꽉 움켜쥔 주먹을 부들부들 떨다가 세차게 책상을 내려쳤다.

쾅!

"내가 너 때문에 제 명에 못 죽을 거 같다, 이 자식아!"

책상을 내려치는 소리가 워낙 커서 이수하는 어깨를 움찔하며 몸을 바로 세웠다.

최태영의 성격으로 보아 여기서 한 번 더 개기면 책상을 뒤집어엎을 게 분명했다.

그녀는 최태영의 눈치를 슬쩍 보고는 조금 얌전해 진 어투로 말했다.

"진짜… 왜 부르신 건데요? 화만 내지 말고 말씀을 하시라고요."

최태영은 못마땅한 얼굴로 이수하를 노려보며 입을 열었다.

"네놈 얼굴만 보면 속이 뒤집혀. 쥐패고 싶은 거 니 아비놈 생각해서 억지로 참고 있는 거니까 내 속 더 긁지 마라."

이수하는 어깨를 움츠렸다.

지금은 바짝 엎드릴 때였다.

최태영이 아버지를 저렇게 직접적으로 언급할 때는 정말로 화가 났다는 걸 알고 있었기 때문이다.

최태영이 말을 이었다.

"이혁이라는 놈……."

이수하의 자세가 확 변했다. 눈에 불같은 빛이 일어났고, 흐느적거리던 몸엔 군기 바짝 든 신병처럼 힘이 가득 들어갔다.

그게 더 못마땅한 듯 최태영은 인상을 쓰며 말했다.

"영월에 있는 모양이더라. 거기 세경대학 근처 하숙촌이란다. 어렵게 알아낸 거야."

이수하는 확 밝아진 얼굴로 허리를 구십 도로 꺾었다.

"감사합니다, 팀장님!"

"네가 무슨 짓을 할지 모르겠다만 너무 튀는 짓은 하지 마. 나한테 정보를 준 검찰 쪽 사람이 곤란해진다."

이수하는 즉시 대꾸를 했다.

"조심할게요."

최태영은 이수하에게 나가라는 손짓을 하며 말했다.

"그리고 사무실 나오지 마. 이틀 휴가 내났다. 이틀 동안 네가 무슨 짓하고 다닐지 전혀 궁금하지 않으니까 전화질 같은 거 하지 마라. 죽상하고 있지 말고 꺼져, 이 자식아!"

"사랑해요, 팀장님!"

이수하는 뽀뽀라도 할 것처럼 최태영에게 얼굴을 바짝 들이밀고 크게 소리친 후 바람처럼 사무실을 뛰쳐나갔다.

질겁해서 상체를 젖힌 최태영의 입에서 긴 한숨이 흘러

나왔다. 그는 반쯤 열린 채 덜렁거리는 사무실 문을 물끄러미 바라보며 중얼거렸다.

"에효, 빨리 시집이라도 보내고 손 털어야지. 저거 옆에 계속 뒀다가는 온전히 정년퇴직할 수 있을지 걱정된다, 진짜로……."

*   *   *

세경빌라 옥상.

바닥에 앉아 책상다리를 한 채 눈을 감고 앉아 있던 이혁의 눈꺼풀이 미세하게 꿈틀거리다가 위로 올라갔다.

드러난 그의 눈은 먹이를 발견한 매처럼 차갑게 번뜩이고 있었다.

"왔군."

그는 천천히 주변을 돌아보았다.

옥상으로 올라올 때는 아직 해가 남아 있었는데 어느새 밤이 되어 있었다.

집집마다 불이 켜져 있었고, 저녁 시간을 알리듯 침을 삼키게 만드는 음식 냄새가 솔솔 풍겼다.

평화로운 저녁 풍경이었지만 이혁에게는 해당 사항이 없었다.

그는 옥상에 올라오면서 주변 200미터 이내에 와룡천

망의 기막을 물샐틈없이 깔아놓았다. 그리고 방금 전 보통 사람과 다른 움직임이 기막에 감지되었다.

그의 입가에 쓴웃음이 떠올랐다.

"예상을 벗어나지 않는 걸 보면 누나가 구박했던 내 머리도 그렇게 나쁜 편은 아닌 듯하군. 저들은 오랫동안 가혹한 환경하에서 무예를 수련한 자들이야. 절대로 경찰이나 검찰이 아니다. 그렇다는 건… 태양회에서 보낸 자들인가?"

기막 속에서 세경빌라를 목표로 다가오고 있는 자들의 몸놀림은 깃털처럼 가볍고 영활했다. 게다가 송곳처럼 예리하게 단련된 살기를 흘렸다.

체육관에서 수련하는 스포츠형 무술로는 제아무리 오랜 기간 수련을 해도 얻을 수 없는 능력이었다.

기막에 걸린 자들을 심상으로 지켜보던 이혁의 눈에 섬뜩한 기세가 어렸다. 움직이는 자들의 기세가 익숙했다.

그리고 그 익숙함은 그의 마음에 강렬한 살기를 불러일으켰다.

"이건 갑하산에서 상대했던 앙천의 살수들이 풍기던 기운과 흡사한데? 태양회가 앙천과 연합작전을 펴고 있는 건가?"

앙천은 장석주를 비롯한 진혼의 주력을 궤멸시킨 자들이다.

"감청은 검경이 했을 텐데, 온 건 앙천의 히트맨이라…
어지간히 높은 선에서 정보가 빼돌려지고 있는 모양이로
군. 참 지랄 맞은 나라네. 차라리 다행이라고 해야 하나?
장 선생님의 핏값을 받아낼 수 있게 되었으니까."

그는 어깨를 으쓱하며 자리에서 일어섰다.

일어나 무릎을 펴는 그의 모습이 안개처럼 흐릿해졌다.
그리고 잠시 후 그는 흔적도 없이 사라졌다.

흑암천관령이 칠성의 경지에 오른 후 무영경의 절학 암
향무영(暗香無影)을 펼쳐 어둠과 동화된 그를 보통 사람
의 눈으로 발견하는 건 불가능한 일이 되었다.

*   *   *

적무군은 세경빌라에서 250미터가량 떨어진 곳에 주차
한 차량 내에서 부하들을 지휘하고 있었다.

그가 있는 곳은 지대가 높아서 차에 앉아 있는데도 세
경빌라의 전경이 한눈에 들어왔다.

세경빌라에서 시선을 뗀 그는 왼팔을 들어 팔목에 찬
시계 형태의 위치 정보 수신기를 들여다보았다.

열두 개의 붉은 점이 한 건물을 포위한 형태로 좁혀 들
어가고 있는 게 눈에 들어왔다.

열두 개의 점은 그가 데리고 온 앙천의 척살대원들이었

다. 그들은 몸에 GPS와 생명 신호가 복합되어 발신하는 장치를 소지하고 있었다. 그곳에서 나오는 신호가 지금 적무군의 손목시계 형 수신기에 잡히고 있는 것이다.

살기가 흐르는 눈으로 수신기를 보고 있던 적무군이 눈살을 찌푸렸다. 한 점이 움직임을 멈추고 있는 게 눈에 들어왔던 것이다.

"장충?"

포위진형의 각 지점을 할당한 지휘자가 그였다. 그래서 그는 움직임을 멈춘 홍점의 주인이 누군지 대번에 알 수 있었다.

그의 안색이 변했다.

장충은 그의 지시라면 아무런 망설임 없이 기름을 지고 불속으로 뛰어들 자였다. 그런 자가 저렇게 움직임을 멈추는 경우, 예상할 수 있는 건 하나뿐이었다.

그는 차문을 박차고 나오며 빠르게 말했다.

"노출됐다, 장충이 당했다! 최대한 빨리 그가 있는 지점으로 모여라."

그와 부하들은 모두 보청기 형태의 무전기를 소지하고 있다.

그의 눈에서 불똥이 튀었다. 지시를 내리는 중에도 홍점 두 개가 움직임을 멈춘 게 보였던 것이다.

그의 부하들이 갖고 있는 GPS는 생체 신호 발신 기능도 있었다. 죽으면 아예 홍점이 수신기에 잡히지 않는다. 아직 홍점이 잡히고 있다는 건 부하들이 죽지는 않았다는 걸 의미했다.

바람처럼 150여 미터를 질주한 그는 장충을 가리키는 홍점이 멈춘 지점에 도착했다. 그곳엔 5층 빌라 두 동이 나란히 서 있었다.

장충은 폭 2미터 정도 되는 빌라 사이의 골목 안쪽에 휴지처럼 구겨진 채 널브러져 있었다.

그를 본 적무군의 얼굴이 악귀처럼 일그러졌다.

장충은 피가 웅덩이처럼 고여 있는 곳에 누워 있었다. 그는 팔과 다리가 기형적으로 꺾여 있었다.

적무군은 한눈에 그의 팔다리 근육과 관절들이 날카로운 무기에 의해 잘게 저며져 있다는 것을 알 수 있었다.

저 정도 상처라면 살아난다 해도 평생 침대 신세를 면치 못할 터였다.

"으드득, 잔인한 놈⋯⋯."

그가 이끄는 척살대는 세 살 때부터 오직 살상 무술만을 연마하며 살아온 자들이었다. 그리고 보통 사람 수십 명을 단신으로 상대할 수 있는 강자들이었고.

그런 자들이 몸을 쓰지 못하는 폐인이 된다는 건 차라리 죽느니만 못했다.

적무군은 돌처럼 굳은 얼굴로 자신의 주변에 모여든 부

하들을 돌아보았다.

"일곱……."

그의 입술 사이로 신음과도 같은 한 마디가 새어 나왔다. 서로를 돌아보는 부하들의 얼굴에도 긴장한 기색이 뚜렷이 떠올라 있었다.

모인 건 일곱뿐이었다.

쓰러진 장충을 제외하더라도 오지 않은 동료가 넷이나 되었다.

앙천 내에서 현장 지휘자의 명령은 절대적이었다. 지시에 대한 불응은 즉결처분까지도 가능했다. 하지만 처벌이 아니더라도 적무군의 지시를 어길 대원은 없었다. 그에 대한 척살 대원들의 충성심은 대단히 깊었다.

그럼에도 오지 않은 자들은 올 수 없는 지경에 처한 것이라고 볼 수밖에 없었다.

적무군이 무전으로 집합을 명령하고 나서 이곳에 전원이 모일 때까지 걸린 시간은 10초도 되지 않았다. 그 짧은 시간 동안 동료가 다섯 명이나 쓰러진 것이다.

그것이 의미하는 바는 분명했다.

적은 앙천의 차기 제일고수라고 자타가 공인했던 적무린을 죽인 자였다. 당연히 방심하지도 그리고 수적 우위에 있다고 자만하지도 않았다.

그렇다고 그들이 적을 두려워하거나 임무수행을 실패할

거라고 생각한 것은 아니었다. 자신들은 그만한 자신감을 가질 자격이 있다고 믿었다.

하지만 그들은 지금 자신들이 갖고 있던 믿음이 또 다른 자만의 일종이었음을 깨닫고 있었다.

목표는 그들의 상상을 가볍게 비웃는 전투의 스페셜리스트였다.

깨달음은 뼈가 저릴 정도로 강렬했다. 동료들의 피로 얻은 것이었으니까.

"지금부터 단독 행동은 금지다. 2인 1조로 움직이고, 조간 거리는 15미터를 유지해라. 상대는 우리가 예상했던 것보다 더한 맨손 무술과 병기술의 초고수다. 총기 사용을 허가한다. 상대와 박투를 벌일 생각은 하지 말아라. 눈에 띄는 즉시 사살하도록."

적무군의 무거운 목소리를 들은 부하들은 일제히 고개를 숙였다.

빠르게 조를 구성한 척살 대원들은 자리를 떠났다.

금방이라도 숨이 넘어갈 것만 같은 모습으로 폐인이 되어 누워 있는 동료를 지키는 사람은 아무도 없었다.

적무군도 동료를 돌보라는 지시를 내리지 않았다.

적을 쓰러뜨리지 못하면 어차피 그들도 같은 모습으로 쓰러질 터였다. 그들은 죽이지 못하면 죽을 수밖에 없는 전장에 있었다. 싸움이 끝나지 않은 시점에 힘을 분산시키는 건 어리석은 짓이었다.

　이혁은 팔짱을 낀 채로 빠르게 지시를 내리고 있는 적무군을 똑바로 응시했다. 가끔 눈만 깜박일 뿐인 그의 얼굴은 무표정했다.

　무슨 생각을 하고 있는지 알 수 없는 얼굴이었다.

　그가 있는 곳은 적무린 일행이 있는 곳에서 30미터가량 떨어진 골목의 그늘 아래였다.

　그는 평소와 같은 자세로 편안하게 서 있었다. 어린아이라도 고개만 돌리면 알아차릴 것처럼 평범하고 무방비한 모습이었다. 그러나 적무린과 그의 부하들은 이혁을 발견하지 못했다.

　이혁이 펼쳐 몸을 숨기고 있는 암향무영이 그것을 가능하게 해주었다.

　암향무영은 한줌의 어둠이라도 있으면 그것과 동화될 수 있는 무영경 이십사절 속의 초상승무예다.

　고대에 창안한 사람이 상상했던 그것과 가장 근접한 형태로 암향무영은 이 자리에서 복원된 것이다, 바로 이혁이라는 먼 미래의 후예에 의해서.

　2인 1조를 이룬 척살 대원들이 방사 형태로 흩어졌다. 그들의 움직임은 이전보다 확연하게 조심스러워졌고, 사방을 훑는 눈길은 칼날처럼 날카롭게 번뜩였다.

하지만 그들의 얼굴 어디에서도 두려움의 기색은 찾아볼 수 없었다.

그들은 수많은 사선(死線)을 넘으며 이 자리까지 온 자들이었다. 적이 강하다고 두려워할 자들이었다면 처음부터 척살대에 들어갈 수도 없었을 것이다.

이혁은 천천히 팔짱을 풀며 속으로 혀를 찼다.

그의 수고에도 불구하고 적들은 동료를 돌보지 않았다. 지휘를 하는 자는 싸움을 할 줄 아는 자였다.

조금 아쉬움이 남았지만 상관없었다.

그는 주먹을 거머쥐었다.

적이 움직였다.

그도 움직여야 할 시간이 되었다.

화악!

어둠 속에서 분수처럼 피가 튀었다.

무성영화의 한 장면처럼 목의 동맥이 반듯하게 잘려 나간 두 사내가 눈을 까뒤집으며 그 자리에 무너지듯 쓰러졌다.

건장한 사내들이 피를 뿜으며 쓰러졌지만 먼지 풀썩이는 소리조차 나지 않았다.

쓰러지는 사내들의 발밑 그림자가 일렁이는가 싶더니 환상처럼 이혁이 모습을 드러냈다.

그는 두 사내의 몸이 바닥에 닿자 등 뒤의 옷을 잡고 있던 손을 놓았다.

그의 손톱 끝에서 반투명한 붉은 빛을 흘리던 환상혈조가 위로 말려 올라가며 수줍게 자태를 감추었다.

"넷."

적은 수뇌를 포함해서 여덟 명이었으니 이제 남은 건 넷이었다.

이혁은 굽혔던 허리를 펴며 좌우를 돌아보았다.

그는 흰 이를 드러내며 소리 없이 웃었다.

그의 입술 사이로 나직한 목소리가 흘러나왔다.

"고맙다고 해야 하는 건가? 굳이 찾아다니는 수고를 덜어주는군."

그를 중심으로 네 개의 기척이 빠르게 접근하고 있었다. 적은 최대한 발자국 소리를 줄인 채 달리고 있었지만 그들이 와룡천망의 기막을 피하는 건 불가능했다.

그와 적들의 거리는 십여 미터도 채 되지 않았다. 그리고 그 거리는 눈 한 번 깜박이는 동안 사라졌다.

슉슉슉슉!

파파파팍!

둔탁하게 공기를 가르는 소리와 함께 이혁이 서 있던 지면이 움푹 패며 돌가루들이 풀풀 날렸다.

이혁이 있던 자리를 노려보는 적무군의 눈에 진득한 살

기가 흘렀다.

"쥐새끼 같은 놈!"

중국어였지만 그의 표정에서 그가 욕을 하고 있다는 걸 알아차리는 건 그리 어려운 일이 아니었다.

적무군과 세 명의 척살 대원은 서로에게 등을 기대며 총구를 밖으로 향하고 빙 둘러 서서 사방을 훑어보았다.

이혁에게 죽어간 자들은 스스로 미끼가 되어 그를 유인했다.

그들은 공격당하기 가장 좋은 자리를 찾아들어 갔고, 이혁은 그 미끼를 물었다.

평소의 훈련 과정 중에 있는 것이어서 적무군과 남은 척살 대원들은 동료들이 당하기 전 움직일 수 있었다.

그리고 마침내 그때까지 흔적도 찾을 수 없었던 이혁을 발견하는데 성공했지만 그를 저격하는 건 실패했다.

이혁의 반응이 믿을 수 없을 정도로 빨랐기 때문이다.

"어디지?"

적무군은 긴장된 얼굴로 사방을 돌아보았지만 이혁의 종적을 발견할 수 없었다. 그의 얼굴에는 혼란스러운 기색이 떠올랐다.

분명 눈앞에 있는 것을 보았는데 다음 순간엔 흔적을 찾을 수가 없는 것이다, 마치 유령이라도 된 듯이.

사람이 보일 수 있는 움직임이 아니었다.

자신을 비롯해서 앙천에는 수많은 무술 고수가 있었다. 그러나 그들 중에 이혁과 비슷한 수준의 몸놀림을 보이는 자가 있다는 말은 들어본 적도 없었다.

적무군의 얼굴에 갈등의 기색이 떠올랐다.

어둠 속에서 적은 유령처럼 자신들을 베고 있었다. 자신까지 열셋이 와서 삼분지이가 어떻게 당하는지도 모르는 사이 죽거나 폐인이 되었다.

단순히 산술적으로 계산해 보아도 최초 전력의 삼분지일만 남은 지금 그들만으로 상대할 수 있는 자가 아니었다.

그러나 후퇴를 결정하는 것은 더 어려웠다.

설령 살아서 돌아갈 수 있다 해도 이 정도 피해를 입고 돌아온 그를 조직에서 용서해 줄 가능성은 극히 낮았다.

적이 강하다는 변명은 통하지 않을 터였다. 아무리 강하다 해도 제거하라는 명이 떨어졌으면 죽여야 했다.

불가능해 보여도 그럴 수 있는 방법을 찾아 명령을 수행해야 했다.

그것이 능력인 것이다.

이혁의 제거에 실패한다면 그건 그가 강해서가 아니라 자신이 무능해서였다. 분명 조직은 그렇게 판단할 터였다. 충분히 예상이 가능했다.

자신이 조직 수뇌부였더라도 그렇게 판단했을 테니까.

적무군은 피가 나도록 입술을 악물었다.

앙천의 신상필벌은 엄격했으며 예외 없이 이루어졌다. 그것이 조직의 영속성을 보장해 준다는 초대 천주의 믿음이었기 때문이다.

결론은 났다.

그의 입술이 작게 열렸다.

"이 자리에서 죽더라도 그자만은 잡는다!"

꽉 잠긴 목소리였지만 살아남은 세 명의 부하는 그 말을 바로 알아들었다.

"예, 대주."

단호한 목소리로 대답하는 그들의 눈에 결연한 빛이 떠올랐다.

그들도 앙천에서 태어나 자란 자들이었다. 적무군이 어떤 사고의 과정을 거쳐 저런 결론을 냈는지 모를 수가 없는 것이다.

'불을 찾아 날아드는 부나비들 같군.'

적을 보고 있는 이혁의 눈빛은 무자비하게 느껴질 만큼 냉혹했다.

저들이 태양회의 히트맨이든 앙천의 살수들이든 상관없었다. 둘 다 그와는 한 하늘 아래 살 수 없는 자들이라는 건 이미 명백해졌다.

저들이 자신을 찾지 않아도 언젠가는 그가 찾아갈 수밖에 없는, 운명이 만든 적들이었다.

그들 사이는 애당초부터 동정이든 무엇이든 약한 감정이 끼어들 여지가 있을 수 없는 관계인 것이다.

적무군과 세 명의 척살 대원은 대형을 유지하며 조금씩 앞으로 전진했다. 어둠을 노려보는 그들의 눈빛에 긴장된 기색이 확연하게 떠올랐다.

그들은 손도 제대로 쓰지 못하고 당한 동료들을 봤다. 벽에 붙어 걷던 자들도, 골목 한복판에 있던 자들도 총 한 번 써보지 못하고 쓰러졌다.

그건 근접할 때까지 적을 알아차리지 못했음을 의미했다.

적의 은신술은 상상을 초월할 정도로 뛰어난 것이다.

밤이었지만 달빛이 밝아 어슴푸레하게나마 사물을 분간할 수 있는 상태이긴 하지만, 그 상대적인 밝음이 만들어 낸 또 다른 어둠의 그늘 속에 적은 숨어 있을 터였다.

그것을 찾아내야 했다.

그것만이 적을 쓰러뜨릴 수 있는 마지막 단서였다.

그들의 판단은 옳았다.

이혁은 어둠의 그늘 속에 있었다.

하지만 적무린 일행의 판단은 또한 틀렸다.

이혁은 단순히 그늘 속에 몸을 숨기고 있는 게 아니었

다. 그는 어둠과 하나가 되어 그 자신이 그늘이 되어 있었다.

그가 만든 그늘은 사람의 형상을 하고 있었고, 사람들은 그런 형상을 '그림자'라고 부른다.

"컥!"

옆에서 들리는 단말마의 비명에 적무군 일행은 반사적으로 고개를 돌렸다. 그들의 안색이 확 변했다.

믿을 수 없는 광경이 그들의 눈앞에서 펼쳐지고 있었다.

척살 대원 원창의 그림자가 일어나 그의 목을 베고 있었다. 머리가 반쯤 잘려 나간 원창의 머리가 뒤로 눕혀지며 피가 분수처럼 치솟았다.

그것으로 끝난 것이 아니었다.

원창의 목을 벤 그림자는 허깨비처럼 허공을 뛰어넘어 눈을 부릅뜬 다른 척살 대원 공함의 그림자 속으로 뛰어들었던 것이다.

적무군과 남은 진황은 이를 악물며 공함의 그림자를 향해 미친 듯이 방아쇠를 당겼다.

슉슉슉슉슉!

"크으악!"

억눌린 거친 비명 소리에 어둠이 진저리를 쳤다.

적무군과 진황의 눈이 커졌다.

그림자가 있던 자리는 어느새 공함의 실체로 바뀌어 있었다.

그들이 쏜 총탄은 한 발도 빗나가지 않고 공함의 몸을 파고들었다. 공함의 눈과 코, 입에서 핏물이 쏟아졌다.

자신들이 동료를 죽였다는 건 충격이었다. 그러나 그들은 그 정도에 움직임을 방해당할 애송이들이 아니었다.

그들은 즉시 서로의 간격을 좁히며 무너지는 공함의 그림자를 향해 다시 방아쇠를 당겼다.

그들의 반응은 즉각적인 것처럼 보였다. 그러나 충격과 방아쇠를 당기는 사이에 극히 미세하지만 시간의 공백이 있었다. 그 시간은 영점 몇 초에 불과했다. 하지만 이혁에게는 그 짧은 시간으로도 충분히 생각한 것을 실행에 옮길 여유가 되었다.

공함의 머리 그림자가 환상처럼 주욱 길어지는 듯싶더니 진황의 발밑에 닿았다. 안색이 변한 진황이 한 걸음 뒤로 물러나려 했다. 그러나 그의 발길보다 이혁의 손이 빨랐다.

스읏!

반투명한 홍광이 어둠 속에서 긴 무지개를 피워 올렸다. 그 뒤를 따라 선홍빛 핏물이 폭죽처럼 터져 나왔다.

"허윽!"

두 발목이 잘려 나간 진황의 몸이 기우뚱하더니 속절없

이 지면으로 처박혔다.

그리고 그의 몸이 땅에 닿을 때쯤 심장이 반으로 갈라진 그에게서 생명의 징후는 더 이상 보이지 않았다.

"이놈!"

적무군은 이를 갈며 한 마디 노성을 내뱉었다.

숙숙숙!

탄창을 갈아 넣은 총구에서 연쇄적으로 불길이 뿜어졌다. 그러나 총알이 향하는 방향에서는 아무런 반응이 없었다.

딸깍!

적무군의 얼굴이 허탈해졌다.

탄창은 다 비었고, 적은 보이지 않았다.

그는 조금 멍한 눈빛으로 죽은 수하들을 돌아보다가 천천히 총구를 내렸다. 그리고 고개를 숙였다.

그의 목에 반투명하게 빛나는 기묘한 형태의 무언가가 닿아 있었다.

그가 물었다.

"너는 누구냐?"

"이혁."

짧고 간단한 대답은 그의 등 뒤에서 나왔다.

그것이 적무군이 이 세상에서 들은 마지막 사람의 목소리였다.

스읏!

푸확!

목이 반쯤 잘려나간 적무군이 통나무처럼 앞으로 쓰러졌다.

그 순간,

"안 돼!"

외마디 비명과도 같은 여인의 목소리가 골목을 울렸다.

이혁은 무심한 얼굴로 고개를 돌렸다.

그의 시선이 닿은 곳에 그렇게 보고 싶어 했던, 너무나 익숙한 여인이 서 있었다, 그를 향해 총구를 겨누고서.

"…수하……."

얼마나 세게 깨물었는지 입술의 한쪽 끝에서 피가 흐르고 있었다.

"왜……."

이수하는 이혁을 향해 한 걸음 내딛으며 소리를 질렀다.

"대체 왜 이런 짓을 하는 거야!"

무심하던 이혁의 두 눈에 쓸쓸한 빛이 어렸다.

그가 천천히 입을 열었다.

"이게 내가 가는 길이니까."

"그게 무슨 개소리야! 사람을 죽이며 가는 길이라는 게 어떻게 있을 수 있어! 그렇게 살 수밖에 없다는 걸 내가 어떻게 이해할 수 있냐고!"

악을 쓰듯 소리치는 그녀의 목소리는 물기에 젖어 있었
다.

이혁은 깊게 숨을 들이쉬었다.

마음이 태풍을 만난 파도처럼 격렬하게 흔들리고 있었
다, 그대로 둘 수 없을 정도로.

그가 말했다.

"넌… 이해할 수 없어. 같은 공기를 마시고 있다고 사
는 세상이 같은 건 아니야."

이수하는 다시 한 번 더 세차게 입술을 깨물었다.

"개소리! 개소리! 그런 말은 개한테나 하라고! 나는…
나는… 널 사랑했단 말이야! 그런 나한테 해줄 수 있는
말이 그런 개소리밖에 없냐고!"

이혁은 말없이 등을 돌렸다.

이수하의 눈은 흘러넘친 눈물로 가득 차 이혁의 모습이
지우개로 문지른 것처럼 뭉개져 보였다.

"거기 서! 너는 사람을 죽였어. 난 형사야. 살인범을
잡아야 하는 형사란 말이야! 더 움직이면 널 쏠 수밖에 없
어. 나한테 그… 러… 지… 마란 말이야! 이 개자식아!"

그녀는 악을 썼지만 이혁은 걸음을 멈추지 않았다.

이수하는 방아쇠에 걸린 검지에 조금씩 힘을 주었다.

그녀는 형사였고, 이혁은 살인자였다.

이혁의 도주를 허락한다면 그녀는 자신의 신념을, 삶을 지탱해 온 믿음을 포기해야 하는 것이다.

권총의 공이치기가 조금씩 뒤로 밀려났다.

그것이 제자리를 찾으면 총구는 불을 뿜을 것이다.

이수하의 입술이 찢어지며 흐르는 핏물이 굵어졌다. 그녀는 눈을 부릅뜨며 손가락에 힘을 주었다.

퍽!

예상했던 총소리와는 많이 다른 소리가 났다.

털썩.

정신을 잃은 이수하가 총을 놓치며 그 자리에 쓰러졌다.

제이슨과 레나가 그녀를 내려다보며 서 있었다.

이수하를 기절시킨 건 레나였다.

걸음을 멈추지 않은 채 이혁이 말했다.

"오늘 밤, 한국을 떠나겠습니다."

제이슨이 환하게 웃으며 말을 받았다.

"듣던 중 반가운 말이로군. 준비는 다 되어 있네. 이 자리도 정리해 놓지. 자네는 그냥 떠나기만 하면 되네."

지나가던 구름이 달을 가렸다.

칠흑 같은 어둠이 골목에 내려앉고 있었다.

제8장

후지산의 머리를 하얗게 휘감고 있는 구름이 유난히 한 가롭게 느껴지는 오후였다.

  창밖으로 후지산을 내려다보던 백금발의 청년이 와인을 한 모금 들이켜며 창에서 시선을 뗐다.

  잠시 후, 거대한 날개가 후지산 정상을 가렸다.

  비행기의 내부는 거대한 서재처럼 꾸며져 있었다. 천장과 벽은 물결치는 듯한 무늬목들로 채워졌고, 바닥은 발등까지 덮는 양탄자가 깔려 있었다.

  그리고 소파와 탁자는 중세풍의 마호가니 스타일이었다. 전체적으로 고풍스런 분위기가 짙은 인테리어였다.

  사토가 한 걸음 다가와 청년의 빈 잔에 정중하게 붉은색 와인을 따랐다. 짙은 향기가 넓은 실내를 가득 채우며 퍼져 나갔다.

다시 와인을 한 모금 마신 청년이 사토에게 고개를 돌렸다.

"감회가 새롭구나."

사토의 얼굴에 담담한 미소가 번졌다.

그가 말했다.

"반세기가 넘도록 떠나 계시던 고향으로 돌아가는 길이라 그런 것이 아닐까 싶습니다, 주인님."

"반세기라… 한순간의 꿈처럼 여겨지건만… 그리도 긴 세월이 흘렀던가……."

중얼거리는 청년의 눈가에 어딘가 쓸쓸하게 느껴지는 표정이 어렸다.

여전한 미소를 입가에 띤 채 사토가 말을 받았다.

"평범한 사람에게는 긴 세월이겠지만 주인님께 반세기 정도가 어떻게 그리 긴 날이 될 수 있겠습니까. 영원과 함께하실 분께 말입니다."

청년의 얼굴에서 쓸쓸한 기색이 사라졌다.

그는 빙긋 웃으며 고개를 끄덕였다.

"네가 있어 나의 감상이 진정 쓸데없는 것이라는 걸 새삼 깨닫게 되는구나."

사토는 대답 없이 미소 지으며 고개 숙였다.

청년이 와인 잔을 탁자 위에 올려놓으며 입을 열었다.

"흠, 그런데 아직도 그 녀석이 어디에 있는지는 찾지
못한 것이냐?"

사토의 미간에 가는 주름이 잡혔다. 미약하지만 분명
그는 인상을 찡그리고 있었다. 청년의 앞에서는 좀처럼
짓지 않는 표정이었다.

"그와 관련된 모든 정보는 NSA(미 국가 안보국)와
CIA(미 중앙정보부)의 휴민트와 시진트가 '독수리의 발
톱'에 준하는 톱 시크릿으로 분류하고 보호하는 중이어서
접근이 쉽지 않습니다. 지속적으로 노력하고 있긴 합니다
만 시간이 더 필요한 게 사실입니다, 주인님."

"그들도 꽤나 진지하군, 벌써 5년 동안이나 너를 숨바
꼭질하게 만들고."

민망한 듯 사토의 얼굴이 보일 듯 말 듯 붉어졌다.

그가 고개를 숙였다.

"죄송합니다, 주인님."

청년은 가볍게 머리를 저었다.

"네 역량이 모자라서가 아니라는 걸 안다. 그 두 기관
이 전력을 다해 보호하는 자의 정보를 얻기가 생각처럼
쉽겠느냐. 하지만 영생의 비밀을 손에 넣는다면……."

그의 눈빛이 붉게 변하며 구슬처럼 빛났다. 그 눈동자
는 그로테스크하면서도 기묘한 아름다움을 느끼게 했다.

그가 말을 이었다.

"스스로 정보를 가져다주는 최고 권력자들이 네 앞에 줄을 서게 될 것이다. 조금 늦을지는 몰라도 그날은 반드시 온다, 사토……."

"예, 주인님."

"그러니까 너무 조급해 하지 말거라. 시간은 우리 편이니까."

"명심하겠습니다."

청년은 사토를 한 번 돌아보며 빙그레 웃었다.

여유가 미소와 함께 햇살처럼 피어났다.

그때 닫혀 있던 앞쪽 문에서 노크 소리가 났다.

똑똑.

사토가 고개를 돌렸다.

"들어오게."

문을 열고 들어선 사람은 단정한 감색 정장을 입은 키가 크고 늘씬한 동양 미녀였다. 그녀는 두 손을 모으고 청년을 향해 허리를 숙여 인사한 후 말했다.

"회장님, 나가시마 기장이 20분 후 나리타 공항에 도착할 예정이라 전해 드리라고 하셨습니다."

청년은 고개를 끄덕였다.

"알겠다. 그에게 수고한다고 전하도록."

"예, 회장님."

여인이 방을 나간 후 사토가 청년에게 물었다.

"제천회주 야지마가 기다리고 있다고 여러 차례 연락이 왔습니다. 언제쯤 그를 만나주실 것인지요?"

청년이 입꼬리를 말아 올리며 반문했다.

"내가 급한 건 아니지 않느냐?"

"물론입니다, 주인님."

"일단 일주일쯤 아리마 온천에 머문 후 생각해 보도록 하지."

아리마 온천은 일본에서 열 손가락 안에 꼽히는 유명한 곳으로 토요토미 히데요시가 생전에 자주 찾았던 것으로도 잘 알려져 있다.

"예, 주인님. 준비하도록 하겠습니다."

청년은 잔을 들어 올렸다.

어느새 비어버린 잔에 사토가 다시 와인을 채웠다.

짙은 와인 향과 함께 나리타가 가까워지고 있었다.

*   *   *

따스한 8월 말의 햇살이 창문을 비집고 들어와 거실을 비췄다.

백여 명이 들어와도 자리가 남을 정도로 커다란 거실이었지만 지금 이곳에 있는 사람은 단둘뿐이었다.

그리고 이 거실을 품고 있는 저택은 한눈에 다 들어오

지 않을 정도로 거대했다.

대저택이 자리 잡고 있는 곳은 미국 남부 노스캐롤라이나와 버지니아가 면한 곳으로 창밖으로는 멀리 존에이치 커댐이 보였다.

"그는?"

목소리의 주인은 보통 사람 두 명이 앉아도 될 법한 커다란 의자에 앉은 터라 모습은 보이지 않았다. 하지만 음성이 맑고 고와서 그 주인이 나이가 많지 않은 여자임은 충분히 짐작할 수 있었다.

그 의자 뒤에 서 있던, 눈동자가 깨끗하고 키가 큰 흑인 청년이 빙긋 웃으며 대답했다.

"어제까지는 나이지리아에 있었습니다, 마스터."

올해로 열아홉이 되면서 소년티를 제법 벗은 에이단의 목소리는 탁음이 전혀 섞이지 않은 중저음이라 듣기 좋았다.

마스터라 불린 여인이 말을 받았다.

"시간이 흘러도 그의 방랑벽은 잦아들 기미를 보이지 않는구나."

"그의 나라에서는 역마살이 끼었다고 한다더군요."

"역마살?"

"한 곳에 정착하지 못할 운명을 타고난 사람을 뜻한답니다."

"적절한 표현이구나."

에이단은 활짝 웃으며 말했다.

"그렇죠? 제 생각도 그래요, 마스터."

잠시 침묵이 흘렀다.

"레나는?"

예의 맑고 고운 음성이 다시 물었다.

"물어보실 줄 알았어요. 지금쯤이면 그녀도 나이지리아에 있을 겁니다."

"네가 말해준 거니?"

에이단은 뒷머리를 긁적였다.

"말해주지 않으면 당장 이곳으로 날아와서 제 멱살을 움켜잡을 기세라… 저도 살아야 하니까요. 그와 관련된 일이라면 레나는 물불을 가리지 않잖아요."

조금 시무룩한 어조였다.

"호호호호."

경쾌한 웃음소리가 났다.

무엇이 그리 재미있는지 꽤 길게 웃은 여인이 물었다.

"임무를 마치자마자 그에게로 달려간다… 레나답구나. 이번에는 그가 레나를 반길까?"

질문을 받은 에이단이 어깨를 으쓱하며 고개를 세게 내둘렀다.

"그럴 리가요. 마스터께서도 그가 얼마나 레나를 귀찮

아하는지 잘 아시잖아요."

"레나도 그도 둘 다 지독하구나. 5년째 그러고들 있으니."

여인의 음성에 옅은 탄식이 어려 있었다.

그것이 마음에 걸린 듯 에이단은 조금 과장스럽다 생각될 만큼 밝은 어조로 말을 받았다.

"둘의 엔딩이 어떻게 날지 궁금해서 저도 지켜보고 있는 중이에요."

"해피엔딩이면 좋겠는데, 그렇게 될지 나도 알 수가 없구나."

"지독한 남자이긴 하지만 레나 정도의 정성이면 언젠가 그의 마음을 파고들 수도 있지 않을까 하고… 기대를 하고 있긴 해요. 결과는 봐야 알겠지만요."

대화는 잠시 끊어졌다.

생각에 잠긴 듯하던 여인이 잠시 후 말문을 열었다.

"나도 그럴 수 있다면 더 바랄 게 없겠구나. 그는 우리를 위해서도, 이 나라를 위해서도 결코 버릴 수 없는 남자니까."

이제까지와 달리 조금 가라앉은 목소리.

그만큼 그녀의 마지막 말에 담긴 의미는 무거웠다. 그 때문인지 장난스럽던 에이단의 표정도 진지해졌다.

"제 마음도 마찬가지에요, 마스터."

"이제 그가 달라고 했던 5년의 유예기간이 거의 끝나가는구나. 보지 못했던 5년 동안 그는 얼마나 변했을까?"

연이어 말을 잇는 여인의 목소리는 차분하게 가라앉아 있었다.

"그때도 믿기 어려울 정도로 강했었는데 그는 더 강해지고 싶어 했었지… 그는 자신의 바람을 이루었을까?"

"스스로의 능력을 보여주는 걸 병적으로 꺼리는 사람이라 어느 정도라고 말할 수는 없습니다만 그는 제가 본 그누구보다 자기 자신에게 엄격한 사람이었습니다. 그러니까… 분명 그럴 겁니다."

에이단은 뒷머리를 긁적이며 대답했다.

여인이 갑자기 생각난 듯 물었다.

"그런데 그가 왜 나이지리아에 있는 거지? 생각해 보니조금 이상한 걸? 그가 서아프리카와 인연을 맺은 적이 있다는 보고를 받은 적은 없는데?"

궁금해 하는 기색이 역력한 질문이었다.

"그게……."

에이단은 입맛을 다시다가 대답했다.

"청부를 받은 것 같아요."

"청부?"

되묻는 여인의 목소리에 놀람의 기색이 어렸다.

"예."

"그는 활동을 개시한 1년을 제외하면 지난 2년간 아무런 청부도 받지 않았잖아?"

여인의 음성에 깃든 의혹의 기색이 한층 짙어졌다.

"좀 특별한 청부예요."

"말해주겠니?"

"정확한 청부 내용까지는 저도 모르고요, 일주일 전 그가 프랑스에 머물 때 나이지리아에서 온 소녀를 만나 청부를 받았다고 합니다."

"어떤 소녀였는데 그가 청부를 수락했다는 거지? 음......"

여인은 잠시 무언가를 떠올리는 듯한 소리를 내다가 말을 이었다.

"2년 전 그가 받았던 마지막 청부 대금이 5천만 달러였지. 그가 청부를 수락했다면 그보다 더한 대금을 지불했다는 거겠지? 대단한 소녀겠구나."

에이단은 난감한 표정으로 여인의 말을 받았다.

"그게… 청부 대금이 얼마인지는 모르겠지만 많지는 않을 거예요. 그런 돈을 지불할 수 있는 능력이 없는 소녀거든요."

"응? 그게 무슨 소리니?"

여인은 진심으로 어리둥절해하고 있었다.

"그가 자신과 관련된 사람을 조사하는 걸 싫어해서 깊

이 파고들지는 않았지만 확실히 그 소녀는 부자가 아니에요. 나이도 열둘에 불과하고요. 나이지리아 북부 지역 출신이라는데 그 나라 내부에서 활동하는 인권 단체에게 구조되어 은밀하게 프랑스로 보내진 거 같아요. 그런 소녀가 부자일 리가 없잖아요."

여인은 말이 없었다.

에이단의 말이 뜻밖이었기 때문이다.

침묵은 짧지 않았다.

여인이 다시 입을 연 것은 5분 정도가 더 흐른 뒤였다.

"그가··· 나이지리아에 갈 정도라면 아무래도 그 소녀가 그에게 어떤 청부를 했는지 내가 알아야겠구나. 예감이 좋지 않아."

"그가 싫어할 겁니다."

에이단은 조심스럽게 만류했다. 하지만 여인의 생각을 바꾸지는 못했다.

"에이단, 알아보렴. 위험할 거 같은 생각이 들거든."

"그가요? 나이지리아 정도에 그를 위험하게 만들 사람이 있을 리가 있어요?"

"아니."

여인은 강한 어조로 대답한 후 말을 이었다.

"그가 어떤 의도로 그곳에 갔든 그 지역에 있는 사람들이 위험하단 뜻이야."

그녀의 말에 에이단의 표정이 굳어졌다.

나이지리아 북부 지역은 계속되는 종교 분쟁으로 인해 정세가 불안정하기 이를 데 없다는 걸 그도 알고 있었기 때문이다.

"즉시 알아볼게요."

"그러렴."

거실이 침묵에 잠겼다.

돌아서는 에이단의 얼굴에 불안한 기색이 스쳐 지나갔다.

거실에서 언급된 '그'는 언제 터질지 모르는 폭탄과도 같은 사람이었다. '그'가 '시한폭탄' 정도면 에이단이 불안해 할 까닭은 없었다.

'그'는 시한폭탄이 아니었다.

'핵폭탄'이었다.

에이단은 고개를 절레절레 저었다.

'무슨 일인지 몰라도 터지면 곤란해, 이혁 씨… 릴렉스해야 한다고…….'

깨닫지 못한 사이 그의 걸음이 조금씩 빨라지고 있었다.

*　　　　*　　　　*

나이지리아 북동부 삼비사 숲.

쏴아아아아-

이제 정오를 지났을 뿐이었다. 정상적인 날씨였다면 살을 익힐 듯 내려쬐는 햇살과 찌는 듯한 무더위를 피해 그늘이나 물가를 찾기 바빴을 것이다.

지금 사방은 그늘과 물이 지천으로 깔려 있었다. 하지만 그것을 반가워할 사람은 없었다.

낮게 깔린 짙은 먹구름으로 인해 사방은 밤처럼 어두웠다.

그리고 하늘은 구멍이라도 뚫린 것처럼 쏟아지는 장대 같은 빗줄기로 5미터 밖의 사물을 분간하기 힘들 지경으로 만들었다.

가뜩이나 울창한 삼림지대는 마치 늪이라도 된 것처럼 걸음을 옮길 때마다 썩은 나뭇잎과 물이 발목까지 차올랐다.

이 지역에 들어서기 전, 안내인의 조언대로 챙이 넓은 모자와 우비를 걸치고 무릎까지 오는 장화를 신긴 했지만 큰 도움은 되지 않았다.

서너 걸음 정도 앞서가는 안내인의 뒤를 따라 묵묵히 걸음을 옮기던 사내가 손을 들어 짧게 자란 뻣뻣한 턱수염에 주르륵 모여드는 빗물을 훔쳐 냈다.

깊숙이 눌러 쓴 모자로 인해 짧게 자란 뻣뻣한 턱수염

만 보이는 그는 군살이라고는 보이지 않는 단단한 체격에 185센티가 넘어 보이는 장신이었다.

앞서가던 안내인이 힐끗 뒤를 돌아보았다.

햇살에 구릿빛으로 탄 얼굴이었지만 어디 내놔도 미인 소리를 들을 수 있는 이십대 중반의 안내인은 검은 머리의 동양 여성이었다.

그녀가 걸음을 멈출 때 정지한 사내는 모자를 슬쩍 들어 올렸다. 짙은 눈썹과 각이 진 큰 눈, 우뚝 선 콧날과 굳게 다문 입술이 드러났다.

사내의 얼굴은 꽃미남이라고 부를 수는 없었다. 선이 굵고 이목구비가 뚜렷했다.

하지만 남자답게 생긴 걸로는 누구에게도 윗자리를 양보하지 않을 외모였다.

이런 외모는 실제보다 더 나이 먹어 보인다. 그러나 많게 봐도 이십대 중반에서 후반을 넘지 않는 듯한 사내, 그는 이혁이었다.

안내하는 여인과 눈이 마주친 이혁은 흰 이를 드러내며 싱긋 웃었다.

무릎까지 오는 카키색 반바지에 흰 티와 주머니가 많은 조끼를 걸친 여인은 이혁의 아래위를 훑어보며 입을 열었다.

"생각보다 적응력이 좋군요."

맑은 목소리, 유창한 영어였다.

이혁은 어깨를 으쓱했다.

"예전에 나와 살았던 사람이 나를 보고 막 굴러먹기 딱 좋은 체질이라고 한 적이 있었소. 사하라 사막에 떨어뜨려도 너는 죽지 않을 거라면서."

그의 목소리는 중저음이었지만 강인한 힘과 활력이 느껴졌다. 지친 기색은 전혀 보이지 않았다.

그것이 마음에 든 듯 안내하는 여인, 오카모토 하루카도 싱긋 웃었다.

그녀가 이혁을 만난 친 어젯밤이었다. 간단한 인사와 몇 가지 경고성 멘트 외에 지금까지 그녀는 이혁과 대화를 하지 않았다.

그녀가 입을 열었다.

"아직 자신하기는 이를 거예요. 어떤 의미에서는… 여기는 사하라보다도 오히려 더 위험하다고 할 수 있거든요."

그녀의 말에 담긴 의미를 바로 알아차린 이혁이 고개를 끄덕였다.

"자연보다 사람이 더 무섭긴 하죠."

하루카의 입가에 걸린 미소가 진해졌다.

이혁과 말이 통한다고 느껴진 때문이었다.

"이곳에서 4년을 지내는 동안 많은 사람을 만나왔지만

자살을 하러 이렇게 멀리까지 온 한국 남성은 처음이에요."

얼핏 호기심을 참지 못하고 묻는 듯한 하루카의 음색에는 단순한 호기심 이상의 무엇이 담겨 있었다.

"죽으러 가겠다는 사람을 같이 죽을지도 모르는 사지까지 기꺼이 안내하겠다는 일본 여성을 만나는 것도 흔한 경험이라고는 할 수 없을 것 같은데요?"

숲을 헤치며 거침없이 걸음을 옮기던 하루카가 말을 받았다.

"그런데 정말 혼자서 그게 가능하다고 생각하고 여기까지 온 건가요?"

숨길 수 없는 불신의 기색이 짙게 깔린 목소리였다.

"결과가 말해줄 거요."

"하아, 루이는 도대체 무슨 생각으로 당신을 도우라고 한 건지……."

"루이의 말로는 나보다 오히려 당신이 그 아이를 더 구하고 싶을 거라고 하던데."

어느새 어깨를 나란히 한 이혁을 돌아보는 하루카의 눈매가 날카로워졌다.

"아메네를 구할 수만 있다면 무슨 일이라도 하고 싶은 마음이지만 그 와중에 다른 누군가가 죽는 걸 보고 싶지는 않아요."

이혁은 담담한 얼굴로 턱에 매달린 빗물을 다시 훔쳐 냈다.

"당신은 너무 부정적이군요. 시작도 하기 전에 내 기부 터 꺾어놓을 생각인 것처럼 보일 정도요."

하루카는 이를 지그시 물며 말했다.

"반대예요. 나는 당신이 성공하기를 진심으로 바라요. 하지만 당신 혼자 무언가를 하기엔 저들의 전력이 너무 강해요. 더구나 당신은 총 한 자루도 갖고 있지 않잖아요. 대체 어떻게 그 아이를 구하겠다는 건지 나는 알 수가 없 어요."

이혁은 빙긋 웃으며 두 손을 들어 올렸다. 크지만 길고 미끈해서 마치 어느 조각상에서 떼어낸 것처럼 보이는 손 이었다.

그는 장난스럽게 손을 흔들며 말했다.

"이거면 충분하오. 총 같은 건 거추장스러울 뿐이지."

하루카는 조금 멍해진 눈빛으로 이혁을 보며 고개를 내 저었다.

"당신은 알 수가 없는 사람이군요."

"그런 말도 종종 듣고 있소."

말을 하던 이혁이 갑자기 손으로 하루카의 어깨를 강하 게 잡아 그대로 내리눌렀다.

예고 없는 그의 행동에 놀란 하루카가 그를 돌아보며

뭐라 하려 했다.

이혁은 손가락으로 그녀의 입술을 눌렀다. 그리고 고개를 저었다.

어깨를 잡은 손과 입술에 닿은 손가락.

하루카는 화가 난 얼굴로 그 둘을 모두 뿌리치려다가 이혁이 자신을 보고 있지 않다는 것을 깨달았다.

그리고 그녀의 어깨너머를 향한 그의 눈빛을 보고는 마치 얼어붙기라도 한 것처럼 입을 다물었다.

방금 전까지 웃으며 대화를 나누던, 편안하고 몽상가처럼 어딘가 부족해 보이던 남자는 온데간데없었다.

앞에 있는 남자를 보는 것만으로도 그녀는 뱀 앞에 선 개구리처럼 몸이 굳고 심장이 오그라들었다.

피부를 파고드는 소름 끼치는 무언가가 그녀를 공포에 질리게 만들었다.

그녀가 어떻게 알까, 그것이 완성된 무인의 형태를 갖춘 살기라는 것을.

이혁은 그녀의 입술에 댄 손가락을 떼고 대신 그녀의 귀에 입을 가져다 댔다.

"우리가 유스푸 그베니가 지배하는 지역에 들어선 것 같은데, 맞소? 소리는 내지 말고 입술로만 말하시오. 알아들을 수 있소."

숲과 대지를 두드리는 거친 빗소리 속에서도 그의 작고

가는 목소리는 또렷하게 그녀의 귀를 파고들었다.

하루카는 고개를 돌려 사방을 돌아보았다.

[비 때문에 확실하게 말할 수는 없지만 정부군과 유스푸가 이끄는 세력이 자주 충돌하는 경계 지역 부근인 것 같아요.]

"제복 차림이 아닌 걸 보면 유스푸 세력이겠군."

이혁의 혼잣말에 하루카의 안색이 변했다.

[누가 있나요?]

"총을 든 자 네 명이오. 우리가 있는 곳으로 똑바로 접근하고 있소. 경비병들 같소."

하루카는 다급하게 사방을 돌아보며 무언가를 찾았다.

그녀가 말했다.

[저들에게 이 숲은 안마당이나 다름없어요. 이렇게 있다가는 금방 들킬 거예요. 어서 숨을 곳을 찾아야 해요.]

이혁은 무표정한 얼굴로 고개를 저었다.

"숨을 필요 없소. 정보가 필요하던 참인데 제 발로 걸어온 자들을 왜 피하겠소. 잠시 기다리시오."

이혁은 하루카의 어깨를 누르며 자리에서 일어났다.

기절할 정도로 놀란 하루카가 이혁의 허리춤을 부여잡았다.

[미쳤어요?]

말을 할 수 있었다면 악을 썼을 게 분명한 얼굴로 그녀는 입술을 달싹였다.

아무리 빗속이라도 우기에 단련된 유스푸의 부하들은 인기척을 금방 느낄 게 분명했기 때문이다.

이혁은 표정 없는 얼굴로 허리를 잡은 하루카의 손을 간단하게 떼어냈다.

"얼마 걸리지 않을 거요."

그 말을 남기고 이혁은 크게 한 걸음 내딛었다. 그리고 하루카의 얼굴은 귀신이라도 본 것처럼 하얗게 변했다.

바로 코앞에 있던 이혁이 꺼지듯 사라졌던 것이다.

두려움이 그녀의 가슴을 가득 메웠다.

그녀의 반응은 자연스러운 것이었다. 사람은 이해할 수 없는 무언가를 보면 두려움을 느끼니까.

하지만 그 감정에 매몰되어 있기엔 상황이 너무 좋지 않았다.

유스푸의 부하들에게 발견된다면 두려움이 아니라 죽음, 혹은 그보다 더 끔찍한 일을 당할 게 분명했으니까.

그녀는 쓰러지듯 그 자리에 엎드려 앞을 바라보았다.

몇 초 지나지 않아서 그녀는 정면에서 조심스럽게 다가서는 여러 개의 사람 형태를 볼 수 있었다.

유스푸의 부하들은 생각보다 훨씬 가까운 곳까지 다가와 있었던 것이다.

빗속에서도 다가서는 자들의 숫자가 넷이라는 것을 구

분할 수 있을 즈음, 하루카의 눈이 찢어질 듯 커졌다.

스스슷!

허공이 마치 물감이라도 뿌린 것처럼 새빨간색으로 물들며 서 있던 사람들이 밑동이 잘린 고목나무처럼 뻣뻣하게 쓰러지고 있었다.

셋이 쓰러지는 건 동시였다.

서 있는 건 단 한 명.

하루카는 그자의 뒤에 나타난 챙이 넓은 모자를 보며 몸을 일으켰다. 직감적으로 이제는 안전하다는 것을 느낄 수 있었기 때문이었다.

그녀는 멍한 얼굴로 앞으로 몇 미터를 걸어갔다. 그리고 눈을 크게 뜨며 손으로 입을 틀어막았다.

4년 동안 나이지리아 북동부 지역에서 고통스러운 상황에 빠져 있는 사람들을 돕는 일을 해오며 온갖 험한 꼴을 겪었고, 끔찍한 광경도 허다하게 보았던 그녀도 자주 접하지 못했던 장면이 눈앞에 펼쳐져 있었다.

머리와 몸이 분리된 채 붉은 핏물을 뿜어내고 있는 세 구의 시신이 지면에 널브러져 있었다.

이혁은 표정 없는 얼굴로 죽은 자들을 내려다보며 아직 살아 있는 한 남자의 목젖을 한 손으로 누른 채 하루카를 보았다.

그는 사로잡은 남자의 팔다리를 제압하지도 않았다. 그

저 목젖을 손가락 두 개로 부여잡아 누르고 있을 뿐이었다. 그럼에도 잡힌 남자는 사지를 벌벌 떨기만 할 뿐 제대로 꿈틀거리지도 못했다.

"이자가 무엇을 알고 있는지 궁금한데, 나는 여기 말을 할 줄 모르오."

그의 음성은 산보라도 하고 온 사람처럼 담담했다. 도저히 방금 전, 보고도 믿을 수 없는 방법으로 사람을 셋이나 죽이고 그 시신을 발아래 두고 있는 사람 같지가 않았다.

그녀는 숨을 크게 들이쉬었다.

얼굴을 타고 흘러내리던 빗물이 입 안으로 들어왔다. 그것이 혼란과 두려움 속에 빠져 있던 그녀의 정신을 두드렸다.

하루카의 흐트러졌던 눈에 초점이 맞춰지는 것을 본 이혁이 사로잡은 사내의 목젖에서 손을 뗐다. 그렇다고 아예 손을 놓은 건 아니었다.

그는 사내의 오른쪽 어깨에 손을 얹었다.

사내의 검은 얼굴이 무섭게 일그러졌다.

털썩.

고통과 공포가 무릎을 꿇은 사내의 눈에 가득 찼다.

하루카는 사내를 내려다보며 입을 열었다.

"#$%#^%#%$#@@%^^@^@#$."

이혁은 하루카가 무슨 말을 하는지 알아들으려는 노력 자체도 하지 않았다. 부질없다는 것을 잘 알기 때문이었다.

나이지리아는 250여 개의 부족이 있고, 부족마다 거의 말이 다른 나라다. 그래서 부족 하나를 지나면 말이 통하지 않는다는 말이 있을 정도다.

그래도 하나는 분명하게 알 수 있었다.

하루카는 말을 하고 있지만 사로잡힌 사내는 아무 말도 하지 않고 있다는 것을.

하루카가 곤혹스러운 얼굴로 이혁을 보며 말했다.

"당신을 무서워하긴 하지만 이자는 죽음을 두려워하지 않아요. 죽어도 아무 말도 하지 않을 거예요."

이혁은 하루카의 눈을 보았다.

그 눈에는 색이 담겨 있지 않았다.

그가 천천히 입을 열었다.

"죽음은 두려워하지 않는 자들이 있긴 하지. 하지만 나는 아직까지 나를 두려워하지 않는 자는 본 적이 없소."

그의 시선이 느릿하게 사내를 향했다.

제9장

대지를 쓸어버릴 듯 퍼부어대던 비가 그쳤다.

먹구름과 화살처럼 내리꽂히는 빗줄기를 맞으며 비명을 지르던 숲은 폐부를 시원하게 만드는 상쾌한 공기와 싱그러운 활력으로 가득 찼다.

아직도 발밑에서는 도랑을 이룬 물이 흐르고 있었지만 이슬처럼 물방울이 매달린 나뭇잎들은 햇살을 반사하며 눈부신 빛을 뿜어냈다.

이혁과 하루카는 유스푸의 부하가 말해준 곳에서 삼백 여 미터 떨어진 곳에 도착해 있었다.

살아남았던 마지막 유스푸의 부하와 대화를 나누고 난 후부터 하루카는 지금까지 단 한 마디도 하지 않았다.

굳이 하루카와 대화를 해야 할 필요를 느끼지 못한 이

혁도 입을 열지 않았기에 둘 사이엔 긴 침묵이 흘렀다.

그가 손을 쓰는 것을 보고 하루카 같은 반응을 보이는 사람을 한두 번 겪은 것도 아니었다.

잡목이 우거진 가파른 능선을 넘자 몇 개의 낮은 산봉우리들 사이로 숨듯이 자리 잡고 있는 계곡의 일부가 두 사람의 눈에 들어왔다.

계곡의 입구는 수십 미터가 넘는 울창한 아름드리나무들이 빽빽하게 가리고 있어서 누군가가 알려주지 않는다면 그 앞을 지나가도 나무들 너머에 계곡이 있다는 것을 알아차리기 어려울 정도로 은밀했다.

하루카가 손가락을 들어 계곡을 가리키며 작은 목소리로 말했다.

"저곳인 거 같아요. 그런데 그자가 얘기한 것과 조금 다르지 않나요? 경계하는 자들이 많이 배치되어 있다고 했잖아요. 그런데 제 눈에는 아무도 보이지 않는군요."

이혁은 고개를 저었다.

"저곳이 근거지인 건 맞을 거요. 그리고 눈에 보이지 않는다고 경계가 허술할 거라는 생각은 하지 마시오. 여기서 입구까지 모습을 드러내고 걷는다면 최소한 열여섯 군데에서 총격을 받게 될 테니까."

하루카는 움찔한 기색으로 계곡 주변을 재빠르게 훑었다. 나이지리아의 환경에 익숙한 그녀였지만 계곡 주변에 있는 사람은 열여섯은커녕 한 명도 발견할 수 없었다.

"당신이 알아차릴 수 있을 정도로 어수룩한 자들이 아니요."

말을 잇는 이혁의 눈빛이 서늘해졌다.

"이들은 정규군의 산악 지대 게릴라 전술을 체계적으로 익혔소."

하루카는 미간을 찡그렸다. 그의 말을 믿기는 어려웠지만 이미 이혁이 상식을 넘어서는 능력을 지니고 있다는 걸 눈으로 본 후였다.

그녀가 말했다.

"유스푸가 가르친 건 아닐 거예요. 아마 그의 휘하에 군 출신이 있는 거 같군요. 그는 이슬람 근본주의자 중에서도 과격하기로 손에 꼽히는 자이긴 하지만 군 경력이 있다는 얘기를 들은 적은 없어요."

이혁은 고개를 끄덕이며 말을 받았다.

"이런 아수라장인 나라에서 그런 능력을 가진 자가 유스푸에게 투신하지 말라는 법은 없으니까."

"어떻게 할 거예요? 경계하는 자가 열여섯이나 된다면서요?"

"백육십 명이 경계하고 있다고 해도 상관없소."

이혁은 무슨 생각을 하는지 알 수 없는 눈으로 계곡을 바라보며 대답했다. 긴장한 기색은 어디에서도 찾아볼 수 없는 평이한 어조였다.

하루카의 눈빛이 복잡해졌다.

"아까… 처럼… 다 죽일 건가요?"

이혁의 시선이 그녀를 향했다.

"종교적인 믿음을 명분으로 이제 열서너 살짜리 여자아이들을 납치해서 윤간하고 첩으로 삼거나 성노예로 팔아버리는 자들이요. 살려줘야 할 이유가 있소?"

하루카는 입술을 깨물었다가 낮은 한숨을 내쉬었다.

"당신 같은 사람을 만날 거라고는 상상해 본 적이 없어서 뭐라고 말을 해야 될지 알 수가 없네요. 이백 명이 넘는다고 알려진 무장 단체를 단신으로 공격하는 당신이 걱정되는 게 아니라 저들 중 몇이 살아남을지 알 수 없다는 게 두려울 수 있다니… 하아… 정말……."

그녀의 손이 가늘게 떨렸다.

그녀의 눈에는 두 시간 전 보았던 장면이 눈앞에서 벌어지고 있는 것처럼 선명하게 재생되고 있었다.

빗속을 마치 한 가닥 아지랑이처럼, 눈에 보이지 않는 유령이라도 된 듯 부유하던 남자.

어떻게 움직이는지 알아차리기도 전에 그가 서 있던 주변을 피와 시신으로 채웠던 남자.

필요한 정보를 얻은 후에는 일말의 망설임도 없이 살아남은 자의 목뼈를 간단하게 부러뜨리던 남자.

그 모든 것은 호러 영화의 한 장면처럼 하루카의 뇌리에 각인되었다.

그녀는 눈앞의 남자가 누군가를 죽이고자 할 때 그것을 피할 수 있는 사람이 있을 거라는 생각을 할 수 없었다.

생각하고 싶지 않은 게 아니라 그럴 수가 없었다.

유령처럼 눈에 보이지 않는 형태로 다가와 소리 없이 죽음을 선사하는 자를 어떻게 피할 수 있단 말인가.

계곡 안에 이백이 넘는 자가 있더라도 아무도 그를 발견하지 못한다면 무슨 수로 죽음으로부터 도망칠 수 있을까.

눈앞에 있는 남자에게 적의 숫자는 의미가 없을 터였다. 그리고 그것에 대해서는 그녀도 동의했다.

이혁이라고 자신을 밝힌 눈앞의 남자는 결코 평범하지 않은, 그녀에게는 영화에서나 가능할 거라고 생각했던 초자연적인 능력(?)을 가진 사람이었다.

그래서 그녀는 오히려 적을 걱정할 수밖에 없었다.

잠시 후면 근래 일어난 적이 없었던 대학살이 그녀의 눈앞에서 벌어질 가능성이 컸으니까.

아마도 살아 있는 동안 그녀는 자신이 본 것을 잊지 못할 것이 분명했다. 그녀는 태어나서 그처럼 강렬하고 비현실적인 장면을 본 건 처음이었다.

그것이 무엇이든 누구도 첫 경험을 쉽게 잊지 못하는

것이다.

그녀는 깊게 숨을 들이마시고 다시 입을 열었다.

"내가 당신을 막을 수 없다는 걸 알아요. 사실… 막고 싶은 마음도 거의 없고. 그렇지만 저 안에 있는 사람들 중에는 십대도 있어요. 어린아이들은 살려달라는 부탁을 하고 싶어요. 유스푸에 의해 세뇌되어서 그들은 자신들이 무슨 짓을 하는지도 모르고 있을 수 있잖아요."

속을 알 수 없는 눈빛으로 하루카의 말에 귀를 기울이고 있던 이혁이 나직하게 혀를 찼다. 그리고 입을 열었다.

"당신은 뭔가 많이 착각하고 있는 것 같군."

하루카는 눈을 깜박였다.

이혁이 말을 이었다.

"나는 아메네를 구하러 온 영웅이 아니오. 그 아이를 구하려 한다는 행위 자체는 동일하겠지만 본질은 당신이 생각하는 것과 완전히 다르오. 나를 히어로처럼 생각했다면 지금이라도 접는 게 당신의 정신 건강에 이로울 거라는 걸 장담할 수 있소."

그의 얼굴에 해석하기 어려운, 모호한 표정이 떠올랐다.

"나는 쿠메의 청부를 받은 해결사일 뿐이지. 그러니까 내게 영화나 소설 속 히어로의 도덕률을 기대하지 마시오. 그리고 내가 위험을 느끼지 못한다고 해서 이곳이 놀이터가 되는 것도 아니요. 잊지 마시오. 이곳은 내게 전쟁터이고, 나는 청부를 완수해야 하는 해결사일 뿐이라는 걸."

하루카는 얼어붙기라도 한 것처럼 입이 떨어지지 않았다.

이혁의 음성은 시종일관 담담했다. 감정이 담겨 있지 않아서 무슨 생각을 하고 있는지 알 수는 없었지만 차갑거나 살벌하다고 할 수 있는 목소리는 분명 아니었다.

표정도 무섭지 않았다. 언뜻 보면 사색에 잠긴 채 공원을 산책하는 한가로운 사람이라고 생각해도 무방한 얼굴이었다.

그런데도 하루카는 마음속에 공포가 넘실거리며 차오르는 것을 느껴야만 했다. 처음에는 손과 발이, 조금 지나자 전신이 주체하기 어려울 정도로 떨려왔다.

이유는 알 수 없었다.

그저 두렵기만 할 뿐이었다.

그것이 그녀를 더 소름 끼치게 했다.

그녀는 외모와 달리 담대한 편이었고, 이곳에 온 후 겪은 참혹한 경험으로 두려움이라는 걸 거의 느끼지 못하는 여자가 되어 있었다.

그녀는 그런 자신을 몇 마디 말로 얼어붙게 만드는 남자가 있을 거라고는 꿈에서조차 상상해 본 적이 없었다.

이혁은 하루카의 어깨를 잡아 눌렀다. 그리고 그녀의

손에 50센티미터가량 되는 작은 나뭇가지를 쥐어 주며 말했다.

"당신이 이 숲에 익숙하다는 걸 알지만 안에서 신호가 있을 때까지 이걸 놓지 마시오. 이걸 가지고 있는 한, 뱀이나 야생 짐승들이 접근하지 않을 거요."

얼결에 나뭇가지를 받아 든 하루카는 정신이 번쩍 들었다.

그러고 보니 숲에 들어선 이후 뱀과 맹수들을 본 적이 없었다.

아메네와 유스푸의 무장 단체에 대한 생각 때문에 무심코 지나갔지만 생각해 보면 이상한 일이 아닐 수 없었다.

삼비사 숲은 나이지리아 사람들이 신성시하는 장소였고, 정규 군대도 진입을 꺼려할 정도로 뱀과 맹수들이 들끓는 곳이었다.

그런 자연환경 때문에 무장 단체나 반군들이 삼비사 숲을 은신처로 삼은 것이었고.

하루카는 이혁에게 두려움을 넘어 신비로움을 느꼈다.

"지금부터 당신이 할 일은 여기서 나를 기다리는 거요, 전투는 내 몫이니까."

이혁은 얼이 빠지기라도 한 것처럼 초점이 풀린 하루카의 눈을 보며 싱긋 웃었다.

하루카에게 준 나뭇가지에는 그가 정제한 파괴적인 살기가 담겨 있었다. 길게 유지되지는 않을 테지만 그래도 30분 정도는 나무를 그릇 삼아 머물 것이다.

살기를 느낀 야생의 동물들은 접근하지 않을 터였다, 이곳까지 오는 동안 그랬던 것처럼. 그리고 그 시간이면 충분했다.

그는 하루카에게 장난스럽게 윙크를 한번 해주고는 허리를 숙인 채 3미터가량 떨어져 있는 거목의 뒤로 바람처럼 움직여 갔다.

나무 뒤에 도착한 이혁은 허리를 펴며 뒤를 슬쩍 돌아보았다.

나뭇가지를 꼭 쥔 채 눈을 부릅뜬 하루카가 보였다. 평정을 되찾은 듯 그녀의 눈빛은 강한 빛을 발하고 있었다.

'나쁘지 않은 눈빛이군.'

이혁은 속으로 중얼거리며 피식 웃었다.

처음 유스푸의 수하들을 만났을 때 그는 일부러 하루카가 볼 수 있도록 느리게 움직였다.

그가 작정하고 손을 썼다면 하루카는 아무것도 보지 못했을 것이다. 그리고 지금의 이동도 그녀가 볼 수 있는 속도를 유지했다.

그랬던 건 하루카가 그의 능력을 어느 정도는 알고 있어야 했기 때문이었다.

그녀가 그를 믿지 않는다면 쓸데없는 공포에 사로잡혀 실수를 할 가능성이 있었다.

그녀의 실수로 인해 그가 곤란할 일은 없었지만 무장 단체에 잡혀 있는 사람들에게는 그것이 재앙이 될 수도 있는 것이다.

'여기까지.'

하루카에게서 시선을 뗀 이혁은 계곡의 입구로 고개를 돌렸다.

그의 눈빛이 얼음처럼 차갑게 변했다.

나이지리아로 오면서 대략적이나마 이 나라에 대한 정보를 훑어본 터라 하루카가 말한 것처럼 무장 단체에 소속된 자들 중에는 어렸을 때 납치되어 세뇌된 채 총을 들고 유스푸에게 충성하는 자들이 있다는 걸 알고 있었다.

그들 중에는 십대도 드물지 않다는 리포터와 인권단체의 폭로도 있었다.

'하지만……'

그의 눈빛은 차가웠다.

'나는 판단하고 심판하는 자가 아니라 싸우는 자, 죽음을 벗하는 자일 뿐.'

이혁은 섬뢰잠영공을 끌어올리며 거목을 돌아 걸어나갔다. 큰 걸음이었고, 몸을 숨길 생각도 하지 않는 듯한 태도였다.

경계병들이 장님이 아닌 한 그는 발견될 수밖에 없었다. 그것이 정상이었다.

하루카도 이혁이 나무의 옆을 비켜 성큼성큼 걸어나가는 걸 보았다. 평소였다면 기절할 듯 놀라 뭐라고 소리라도 질렀을 것이다.

하지만 그녀의 입술은 열리지 않았다. 얼굴에 놀란 기색도 보이지 않았다.

그녀는 이혁이 무슨 짓을 하든 놀라지 않을 마음의 준비가 된 것이다. 그래서 이후에 벌어진 장면을 보면서도 그녀는 평정을 유지할 수 있었다.

이혁이 오른발을 들었다가 다시 땅을 밟았을 때 그가 있어야 할 자리는 텅 비어 있었다. 환상처럼 그는 사라진 것이다.

뒤에서 눈도 깜박이지 않고 그를 주시하고 있던 하루카도 그것을 보았다.

평범한 사람에게는 믿을 수 없을 만큼 놀라운 장면이었음에도 그녀는 놀라지도, 황당해 하지도 않았다. 오히려 당연하게 받아들였다.

이래서 경험이 무서운 것이다.

그것이 아무리 기괴하고 초현실적이라 해도 사람에게는 익숙한 것을 어렵지 않게 받아들이는 놀라운 적응력이 있다.

이혁은 평소와 다르지 않은 걸음으로 전진을 시작했다.

바닥은 축축하게 젖은 채 썩어가는 나뭇잎과 가지들이 두텁게 쌓여 있었다.

다른 사람이었다면 걸음을 옮길 때마다 버석거리는 소리가 나는 걸 피하지 못했으리라.

그러나 이혁은 작지 않은 몸집이 움직이는 데도 아무 소리도 나지 않았다.

무게가 없기라도 한 것처럼 그가 밟은 나뭇잎들은 눌리기는커녕 작은 움직임조차 없었다.

그가 펼치고 있는 것은 무영경 이십사절 속의 절기, 암향무영과 묘행보였다.

5년의 세월은 헛되이 흐르지 않았다.

두 가지 절기는 오래전 펼쳤을 때와는 완전히 차원이 달라져 있었다.

암향무영은 본래 어둠과 동화되어 몸을 숨기는 은신술이었다.

그러나 그가 이룩한 성취는 암향무영의 창안자가 꿈꿨던 궁극, 환한 빛과 동화되어 몸을 감출 수 있는 경지에 이르고 있었다.

묘행보 또한 극에 이르렀다.

그것은 무림계에 전설처럼 회자되는 답섭무흔, 눈 위를 걸어도 발자국을 남기지 않는다는 경지를 연상시키는 수준이었다.

지난 5년간 그가 자신을 단련한 세월은 말로 형용하기
어려울 만큼 가혹한 날들의 연속이었다.

가르쳐 주는 이도 없었다. 그리고 누구도 그를 격려하
지 않았고, 응원해 주지도 않았다. 나약해질 때 채찍질하
는 사람도 없었다.

그래서 그는 자신에게 엄격해야 했다.

오직 자신 외에는 그를 도울 사람이 없었으니까.

이혁은 걸음을 옮기며 두 손을 들어 올렸다.

아무것도 없는 듯하던 공간에 반투명한 붉은빛이 떠올
랐다.

환상혈조.

암왕사신류의 계승자에게만 전승되어 온, 그것을 아는
자들에게는 절대마병(絕代魔兵)이라 불리던 공포의 신기
(神器)가 햇살 아래 신비로운 빛을 발하고 있었다.

이혁의 눈이 좌우와 전방을 번개같이 훑었다.

열여섯 개의 지점을 연결하는 붉은 선, 그에게만 보이
는 하나의 선이 허공중에 또렷하게 그어졌다.

그 선의 색은 붉은색이었다.

그는 발을 뗐다.

스스스스슷.

그가 나아가는 방향의 허공이 아지랑이가 피어오르듯

일그러졌다. 그러나 어느 누가 그것을 볼 수 있을까.

첫 번째 지점에서 정수리가 관통되며 즉사한 자가 비명도 지르지 못하고 무너졌다.

그리고 그의 몸이 완전히 땅에 쓰러지기 전, 열다섯 곳에서 동일한 상처를 입고 죽은 자들이 하나둘씩 땅에 몸을 눕혔다.

거목들을 돌아 계곡의 입구로 들어서자 굵은 넝쿨로 뒤덮여 있는 바리케이드가 보였다. 오른쪽에는 나무로 지은 경계초소가 있었다.

그 앞에 소총을 든 몇 명의 경계병이 담배를 피며 잡담을 나누고 있었다.

계곡의 안은 넓이가 상당했다. 일부러 남겨둔 듯 아름드리 거목의 숫자도 적지 않았고, 목조건물들은 거목들 사이사이에 숨듯이 자리 잡고 있었다.

초소에 접근한 이혁은 건물 뒤에 잠시 몸을 숨긴 채 눈을 반쯤 감았다. 와룡천망의 흐름을 따라 일어난 기의 막이 그물처럼 계곡 안쪽으로 퍼져 나갔다.

'생각보다 수가 적군. 하루카는 이백 정도가 있을 거라고 했었는데… 남자는 팔십 정도… 여자는 스물도 되지 않는 것 같군.'

기감을 통해 남녀를 구분하는 건 어렵지 않았다.

굵고 거친, 그리고 투박한 살기가 흐르는 건 백퍼센트

남자였다. 숨기려는 기색이 전혀 없는, 거침없는 살기였다.

평화로운 곳이라면 저런 기운을 흘리는 건 살인자들밖에 없을 것이다.

여자들의 기운은 두려움과 공포 때문인지 금방이라도 끊어질 것처럼 가늘고 여렸다. 그리고 심신의 상태를 드러내듯 혼탁했다.

'아이들만 있는 건 아닌 듯하군.'

성인 여자의 기운은 아이들의 그것보다 두텁고 강하다. 여린 기운들 속에 좀 더 두터운 것 대여섯 개가 섞여 있었다.

계곡 내부를 살피던 이혁은 백여 명의 사람이 있는데도 왜 돌아다니는 사람이 없는지 그 이유를 알아차렸다.

거친 열기가 계곡을 휘감고 있었다.

비가 그친 뒤 내리쬐는 햇살로 대지는 달아올랐다. 하지만 이혁이 느끼는 열기는 지열과는 상관이 없었다.

사내들이 무엇을 하고 있는지 알아차린 이혁은 눈살을 찌푸렸다.

한국을 떠난 후 세계를 돌아다니며 온갖 일을 다 겪은 그였다.

십대 시절의 그와 지금의 그는 경험의 차원이 달랐고, 대응하는 자세 또한 크게 변해 있었다. 5년은 결코 짧은 세월이 아닌 것이다.

그럼에도 익숙해지지 않는 것, 아니, 익숙해지고 싶지 않은 것이 있었다.

그건 여자들에 대한 성적 유린 혹은 학대와 같은 행위였다.

생각하면 희한한 일이긴 했다.

그는 셀 수 없을 정도로 많은 자의 목숨을 거두어 모세혈관까지 타인의 피 냄새로 찌든 남자였다.

그런 무자비한 남자가 여성을 유린하는 행위에 익숙해지지 않는다는 걸 과연 누가 믿어줄까.

얼음처럼 차가운 눈으로 계곡 내부 건물들을 훑어가던 이혁의 시선이 한 곳에서 멈췄다.

단층 건물들 사이에 솟아올라 있는 이층짜리 목조건물이 눈에 띈 것이다. 그 건물은 다른 것들과 달리 튼튼해 보였다. 그리고 여러 채의 건물이 호위하듯 그것을 둘러싸고 있었다.

'안에 있는 자가 유스푸인가?'

건물 안에 일곱 명이 있다는 것을 기감으로 알 수 있었다. 넷은 남자였고, 여자는 셋이었다.

'혼자서 여자 셋과 섹스라… 남자 셋은 경호만 하고 있고… 그럼 저자가 유스푸인 건가? 그렇지 않더라도 최소한 이곳에서 지위가 가장 높은 자이긴 하겠군.'

계곡의 내부 구조와 머무는 자들의 위치, 그리고 그들이 지금 하고 있는 일까지.

모든 것이 일목요연하게 뇌리에 그림처럼 그려졌다.

동시에 자신이 어떻게 움직여야 하는지에 대한 결정까지 이루어졌다.

더는 초소 뒤에 머물 이유가 없었다.

이혁은 손을 내뻗으며 걸음을 옮겼다.

25센티미터 길이의 반투명한 홍광 몇 줄기가 번개처럼 허공을 가로질렀다. 담배를 피며 잡담을 나누던 경계병들이 어리둥절한 얼굴로 서로를 돌아보았다.

목이 막히기라도 한 것처럼 갑자기 입이 떨어지지 않았다. 뒤이어 동료에게 돌리려던 고개가 멈췄고, 껌벅이던 눈이 뿌옇게 흐려지는가 싶더니 빛이 꺼졌다.

털썩. 털썩.

조끼만 걸치고 있어 맨살이 드러난 경계병들의 심장 부위 맨살과 미간에 0.5센티미터도 되지 않는 가는 선이 생겨나 있었다.

그 선 안에서 한 점의 핏물이 배어 나오는 건 그들이 쓰러진 후로 몇 초가 더 흐른 뒤였다.

계곡 안에 사신의 폭풍이 몰아쳤다.

불과 3분도 지나기 전에 곳곳에서 거친 숨을 몰아쉬며 꿈틀거리던 사내들의 움직임이 일제히 멈췄다.

여전히 뜨겁고 비릿한 열기를 뿜어대는 곳은 2층 목조 건물뿐이었다.

이혁은 그 건물 앞에 서 있었다.

암향부동을 해제하자 빛은 더 이상 그의 모습을 가려주지 않았다. 하지만 그를 위협하는 어떤 움직임도 일어나지 않았다.

삐걱삐걱.

건물의 현관문으로 연결된 나무판자로 만든 바닥에 발을 디딜 때마다 그의 무게를 이기지 못한 나무들이 작은 비명을 질러댔다.

그가 현관문 앞에 도착했을 때였다.

계곡 내부가 어수선해졌다.

옷도 제대로 걸치지 못한 십여 명의 흑인 여성이 두려움에 질린 얼굴로, 혹은 이해할 수 없는 상황에 놀라 넋이 반쯤 나간 얼굴로 여기저기서 휘청거리며 걸어나오고 있었다.

"$%#$#%$#$%!"

"%$#$%*&$#!"

여자들은 서로를 보며 부둥켜안고 울면서 이혁이 알아들을 수 없는, 비명과도 같은 소리를 계속해서 질러댔다.

건물 내부에서 들려오던 소리도 바뀌었다.

신음 소리는 더 이상 나지 않았다.

여자들이 저 정도로 소리를 지르는데 귀머거리가 아닌 이상, 안에 있는 자들도 들었을 터였다.

현관문이 신경질적으로 와락 열리며 옆구리에 자동소총을 늘어뜨린 삼십 전후의 흑인 남자 둘이 뛰어나오다가 이혁을 보고는 다급하게 총을 들어 올렸다.

여자들이 지르는 소리가 이상하다는 생각으로 나오긴 했지만 밖에 있을 팔십 명에 가까운 동료를 믿었기에 그들은 총을 쏠 준비가 되어 있지 않은 상태인 것이다.

그것이 그들의 생사를 결정지었다, 물론 준비를 하고 나왔어도 결과는 바뀌지 않았겠지만.

그들의 손은 방아쇠에 닿기도 전에 축 늘어졌다.

그들도 앞서 쓰러진 자들처럼 미간에 희미한 한 점의 붉은 선혈을 매단 채 눈을 까뒤집으며 그 자리에 허물어졌다.

쓰러지는 그들 사이로 이혁은 걸음을 옮겼다.

넓은 침대 위에 세 명의 벌거벗은 여자를 두고 바지를 걸쳐 입던 사내가 고개를 돌려 이혁을 보았다. 그리고 침대 좌우에 있던 두 사내가 그를 향해 방아쇠를 당겼다.

투타타타타타타!

귀를 찢는 총성이 연속적으로 울리며 현관문이 수백 개의 파편이 되어 사방으로 날아갔다.

총성이 멈췄다.

총을 쏜 사내들의 검은 얼굴은 귀신이라도 본 것처럼 창백해져 있었다.

총을 맞고 쓰러져 있어야 할 상대가 보이지 않았기 때문이었다.

그들은 눈을 똑바로 뜨고 있었다. 하지만 적이 코앞에서 사라지는 것을 보지 못했다. 적과의 거리는 3미터도 되지 않았다.

상식적으로 있을 수 없는 일이 벌어진 것이다.

앞과 옆이 아니라면 공간구조상 적이 움직일 수 있는 곳은 위뿐이다. 두 사내는 고개를 들었다. 그들의 대응은 빨랐다. 그러나 판단은 잘못되었다.

천장이 텅 비어 있었다.

움직임을 보인 건 바닥이었다.

오른쪽 사내의 등 뒤, 공간이 아지랑이처럼 일렁이며 반투명한 붉은 빛이 사내의 뒷목을 소리 없이 파고들었다.

"컥!"

사내가 눈을 부릅뜰 때 그를 보기 위해 고개를 돌리던 왼쪽 사내의 미간에서 붉은 점이 번지듯 크기를 키웠다.

털썩털썩.

바지를 입고 총을 집어 들던 마지막 사내는 움직임을 멈췄다. 손만 뻗으면 닿을 수 있는 곳에 무표정한 얼굴의 동양인 사내가 서 있었던 것이다.

아직 마흔은 되지 않았을 흑인 사내는 그로데스크한 상황에서도 침착함을 유지하고 있었다. 남다른 점이 있는 사내였다.

그가 입을 열었다.

"누구냐?"

영어였다.

이혁의 눈이 반짝였다.

통역이 가능한 하루카가 없어서 답답하던 참이었다.

"아메네는 어디에 있나?"

사내의 얼굴이 멍해졌다.

"아메네?"

반문하는 그의 음성에 어안이 벙벙해 하는 그의 마음이 고스란히 담겨 있었다.

"아메네가 누구지?"

황당한 얼굴로 되묻는 사내를 본 이혁은 눈살을 찌푸렸다.

"너희가 치복에서 납치해 온 열네 살 여자아이. 어디에 있나?"

사내의 시선이 침대에 옹기종기 모여 앉아 그들을 보고 있는 세 여자를 향했다. 한 명은 스물이 넘어 보였지만 둘은 누가 봐도 십대였다.

꿀꺽.

사내는 침을 삼켰다.

나타난 적은 유스푸를 죽이기 위해 온 자가 아니었다.

그것이 공포에 젖었던 그에게 어느 정도 여유를 주었다. 대신 두려움이 있던 자리를 당황함과 조급함이 채웠다.

그는 직감적으로 자신이 살기 위해서는 아메네라는 여자아이에 대한 정보를 적에게 주어야 한다는 것을 깨달았다.

사내가 말했다.

"여자들 이름을 외우고 있지는 않아. 하지만 저들은 아메네라는 여자를 알지도 몰라."

제10장

"%$#%$##$#^%."

사내가 여인들에게 나이지리아 말로 무언가를 물었다.

여인들은 두려움에 잠긴 눈으로 이혁과 사내를 번갈아 보다가 그중 나이가 많은 여인이 말을 받았다.

"&$#&%&#."

사내와 여인이 대화를 나누는 것을 지켜보던 이혁은 혀를 찼다. 그리고 다시 무어라 말을 하려는 사내의 어깨를 툭툭 쳤다.

움찔한 사내가 이혁에게 고개를 돌렸다.

퍽!

사내의 고개가 크게 뒤로 젖혀졌다.

미간을 정통으로 타격당한 그는 하늘이 노래지는 것을

느끼며 그 자리에 주저앉았다.

사내는 까마득해져 가는 정신을 간신히 부여잡고 사력을 다해 물었다.

"왜… 왜……?"

이혁은 대답하지 않았다.

포로의 의문을 풀어줄 정도로 그는 관대한 남자가 아니었다.

대신 입술을 오므리고 휘파람을 불었다.

삐이익―

소리는 가늘고 높았다. 그 외에 특이할 게 없는 휘파람 소리였다. 하지만 한 여인에게는 아주 특별할 수밖에 없는 것이기도 했다.

나뭇가지를 든 채 몸을 숙이고 계곡 입구를 뚫어져라 쳐다보고 있던 하루카는 어느 순간 귓속을 파고드는 날카로운 휘파람 소리를 들었다.

소리가 크다는 생각은 들지 않았다. 그런데도 귀를 통해 안으로 들어온 소리는 뇌에 강한 충격을 주었다.

그녀의 몸이 휘청거렸다.

"뭐… 뭐지……?"

흔들리는 몸을 바로 세운 그녀는 자신이 어느새 허리를 펴고 일어나 서 있다는 것을 깨달았다.

놀라 몸을 숙이려던 그녀의 눈이 반짝이며 움직임이 멈췄다.

"이건······."

그녀는 이혁이 유스푸의 근거지로 진입하기 전 했던 말을 떠올렸다.

"···그가 보내는 신호?"

이혁이 움직이고 나서 흐른 시간은 15분 정도였다.

그 짧은 시간 동안 저 안에서 그가 무엇을 했는지 감도 제대로 잡히지 않았다.

일이 벌어졌다는 건 알 수 있었다.

어렴풋이 여자들의 비명 소리 같은 것이 몇 번 들리고 연속적으로 발사되는 총소리가 소리가 났기 때문이다. 하지만 그뿐이었다.

계곡 내부의 상황을 알 수 있는 방법은 없었다.

이혁이 성공하기를 간절히 바라며 초조하게 신호를 기다리던 그녀에게 휘파람 소리가 들려온 것이다.

휘파람은 분명 그가 약속한 신호였다.

수백 미터 떨어진 곳에서 어떻게 그녀가 들을 수 있게 휘파람을 부는지 따위의 의문은 생겨나지 않았다. 이혁과 관련된 것이라면 그 어떤 비상식적인 일이라도 그녀는 받아들일 수 있게 된 것이다.

신호를 확신을 한 그녀는 빠르게 계곡을 향해 달려갔

다. 그녀의 확신은 잘못되지 않았다.

입구 근처에는 죽은 것이 분명한 경계병들의 시신들이 널브러져 있었다. 안쪽으로 들어서도 그녀를 제지하거나 위협하는 어떤 사람도 나타나지 않았다.

겁에 질린 채 모여 있는 십여 명의 여자만이 보일 뿐, 남자는 눈에 띄지 않았다.

여자들을 한번 보고 눈을 뗀 하루카는 이혁을 찾아 여기저기를 둘러보았다. 그리고 그를 발견할 수 있었다.

이혁은 2층 목조건물의 현관에서 그녀를 향해 손짓을 했다.

하루카는 지체 없이 그를 향해 달려갔다.

"이게… 어떻게……?"

하루카는 모여 있는 여인들을 돌아보며 물었다. 하지만 상황을 정확하게 이해하지 못한 그녀의 질문은 어눌했다. 뭘 물어야 하는지 정리가 안 된 것이다.

이혁은 그녀의 상태는 신경 쓰지 않았다.

하루카 같은 스타일의 여자는 시간이 지나면 자기 내부의 혼란을 수습할 줄 안다. 그것을 위한 시간이 필요할 뿐이다.

그가 입을 열었다.

"한 명을 제외하고 남자들은 모두 죽었소. 내가 오기 전 죽은 여자들이 몇 있지만 살아 있던 여자들은 모두 무사하오. 아메네의 사진을 보긴 했지만 그 얼굴이 그 얼굴 같아서 잘 구분이 되지 않소. 당신이 여기 있는 여자들 중에 아메네가 있는지 찾아보시오. 없다면 어디에 있는지도 알아보았으면 좋겠소. 참, 이 안에도 세 명의 여자가 있소."

할 말을 마친 이혁은 한 걸음 옆으로 비켜섰다.

이곳에 있던 무장 단체 소속의 사람들을 몇이나 죽였는지 시시콜콜하게 얘기하지 않았다.

가뜩이나 십대나 세뇌당한 남자들을 살려달라고 부탁했던 하루카를 굳이 자극할 필요는 없었던 것이다.

하루카는 이혁이 자신과 별로 대화를 하고 싶어 하지 않는다는 것을 깨달았다. 자신이 물어보고 싶은 것들 대부분을 쏟아붓듯이 얘기해 준 것이 그 증거였다.

전투가 어떤 식으로 이루어졌는지도 궁금하긴 했지만 그건 그녀가 질문할 수 있는 영역에 포함되어 있지 않았다, 전투는 분명 그녀의 몫이 아니었으니까.

하루카는 바쁘게 움직였다.

여인들을 한 명씩 살펴보았고 그녀들을 다독이며 두려움을 삭여주려 노력했다. 그리고 필요한 것들에 대해 질문도 했다.

이혁은 그런 하루카를 묵묵히 지켜보았다.

그가 적을 제거할 때의 두 배는 될 법한 시간을 보낸

후에야 하루카는 그에게로 돌아왔다.

"아메네는 여기 없어요. 여기 있는 여자들은 치복을 비롯한 보르노주 곳곳에서 납치한 여자들이에요."

그녀는 손을 들어 쪼그리고 앉아 그들을 보고 있는 한 소녀를 가리켰다.

아직 여물지도 않은 한쪽 가슴을 드러낸 채로 앉아 있는 그녀는 열대엿 살 정도로 보였다.

하루카가 말했다.

"아메네와 함께 치복에서 납치된 타냐라는 아이예요. 저 아이 말로는 그녀와 아메네는 함께 납치되었지만 자신만 이곳으로 보내졌을 뿐 아메네가 어떻게 되었는지는 알지 못한다는군요."

이혁은 작게 고개를 끄덕였다.

그가 알기로 아메네는 납치될 때 같은 신세의 소녀들과 함께 트럭 뒤에 태워져 삼비사 숲으로 끌려갔다. 하지만 이 계곡은 트럭이 드나들 수 있는 길이 없다.

이자들이 숲에 마련한 은신처가 이곳만은 아닌 것이다.

이혁은 건물 안으로 되돌아갔다. 잠시 후 그는 정신을 잃고 있는 한 사내의 머리채를 휘어잡아 끌고 나왔다.

"이자가 도움이 될 것 같군."

이혁은 손끝으로 사내의 인중을 살짝 눌렀다.

"쿨럭, 쿨럭!"

밭은기침 소리와 함께 사내가 눈을 떴다.

이혁이 하루카를 돌아보며 물었다.

"이자… 유스푸가 아니죠?"

하루카는 고개를 끄덕였다.

"예."

"누군지도 알겠소?"

하루카는 고개를 저었다.

"하긴, 이자가 누구든 상관없는 일이긴 하지."

낮게 중얼거린 이혁은 사내의 단전에 오른손 바닥을 가져다 댔다. 그런 그를 보는 사내의 눈동자가 극심한 두려움으로 심하게 흔들렸다.

"뭐… 뭐하는 거… 거요……?"

"몇 마디 묻겠다. 제대로 대답한다면 고통은 바로 끝날거야."

"고통……?"

두려움 속에서도 의아한 듯 되묻던 사내의 입이 딱 벌어지며 전신이 돌처럼 경직되었다.

하루카는 주춤하며 두어 걸음 뒤로 물러섰다. 자기도 모르게 한 행동이었다. 피가 나도록 주먹을 움켜쥔 그녀는 숨을 죽였다.

바닥에 누운 사내는 두 눈 끝이 찢어져 피눈물을 흘리고 있었다.

입에서는 거품이 일어나고 있었고, 전신에 굵은 혈관이 지렁이처럼 튀어나와 독립된 생물처럼 펄떡거리며 뛰었다. 몇 초가 더 지나자 사내의 사지가 제멋대로 움직였다.

우드득, 우드득.

관절이 어긋나는 소리가 밖에서도 들릴 정도로 컸다.

얼굴 근육이 미친 듯이 뒤틀렸고, 똑같이 뒤틀린 손가락들이 얼마나 바닥을 세게 팠는지 바닥은 피로 젖어 있었다. 생으로 뜯겨 나간 손톱들이 바닥에 꽂혀 있었다.

묵묵히 사내를 내려다보던 이혁이 사내의 단전에서 손을 뗐다. 그리고 타냐를 손가락으로 가리키며 물었다.

"네놈들이 저 소녀와 함께 잡아 온 다른 소녀들은 어디에 있나?"

잉어처럼 펄떡거리던 떨리던 사내의 몸이 조금씩 진정되었다.

"…무슨……?"

이혁은 말없이 다시 손을 사내의 단전에 댔다.

"꺽꺽……!"

사내의 안색이 시커멓게 변하며 다시 전신을 미친 듯이 뒤틀어댔다.

이혁의 손이 사내의 단전을 떠났다.

사내의 몸이 후들거리며 축 늘어졌다.

이혁이 그에게 물었다.

"대답할 마음이 생겼나?"

담담한 어조.

사내는 마치 악마라도 보는 듯 공포에 질린 눈을 정신없이 깜박였다. 고개를 끄덕일 힘조차 남아 있지 않았기에 그렇게 할 수밖에 없었다.

"어디에 있지?"

"여기서… 동북쪽으로 10킬로미터 정도를… 가면… 허억허억… 보스가 머무는… 근거지가 있습니다……."

사내의 설명은 꽤나 상세하게 3분 가까이 이어졌다.

사내가 말을 마치자 이혁이 하루카를 돌아보며 물었다.

"어딘지 알겠소?"

하루카는 고개를 끄덕였다.

"대충은."

"됐군."

이혁은 사내의 목을 부여잡았다.

이혁이 무엇을 하려는지 알아차린 사내가 두려움에 젖은 눈으로 이혁을 올려다보았다.

"사… 살려……."

우두둑.

목뼈가 부러진 사내가 길게 혀를 빼물며 축 늘어졌다.

하루카는 반사적으로 고개를 돌렸다.

담대한 그녀였지만 눈앞에서 이 정도로 참혹한 광경을

아무렇지도 않게 보고 있을 정도는 아니었다.

이혁이 하루카에게 말했다.

"여자들에게 말하시오, 시신들을 묻고 이곳에서 기다리라고."

하루카의 눈이 반짝였다.

"일을 마치면 돌아와서 여자들을 마을까지 데리고 가줄 건가요?"

여자들만으로 뱀과 맹수들이 득실거리는 삼비사 숲을 빠져나가는 건 목숨을 걸어야 할 만큼 위험했다.

이혁은 고개를 저었다.

"나는 오지 않소, 당신 혼자 충분히 할 수 있는 일이기도 하고."

하루카는 입을 다물었다.

그의 말이 맞았다.

그녀에게는 그럴 능력이 있었다.

이곳 지리도 익숙했고, 총기도 다룰 줄 아는데다가, 담력도 사내 못지않았다. 이혁이 있다면 더할 나위 없겠지만 그가 없다 해도 마을까지 가는 게 불가능하지는 않은 것이다.

하루카가 여인들을 안정시키고 떠날 준비를 마친 건 이십여 분이 더 지나고 나서였다.

하루카는 무장 단체의 대원들이 사용하던 자동소총을

들고 있었다.

대여섯 개의 탄창이 꼽힌 탄띠를 어깨에 두르고 권총까지 허리춤에 꽂고 있는 그녀는 여전사를 연상시켰다.

이혁은 힐끗 그녀를 보고는 어깨를 으쓱했다.

말린다고 들을 그녀도 아니었고, 말릴 이유도 없었다.

두 사람은 여인들을 남겨두고 계곡을 떠났다.

죽은 사내가 알려준 동북쪽 방향의 숲은 두 사람이 이제까지 지나온 숲보다 훨씬 더 험했다. 하늘이 보이지 않을 정도로 나무들이 울창했고, 지면은 키를 덮는 잡목과 수풀들로 인해 길을 찾기 어려웠다.

"그가 길을 가르쳐 주지 않았으면 목적지까지 며칠은 걸렸을 거예요."

이혁은 대답하지 않았다.

하루카는 지금 우회적으로 그 사내를 그처럼 잔혹하게 죽일 필요까지 있었겠느냐고 묻고 있었다.

묵묵히 걸음을 옮기던 그가 툭 던지듯 말했다.

"총에 맞아 죽나 손에 목이 부러져 죽나 죽는 건 마찬가지요."

이번에는 하루카가 말을 받지 않았다.

죽음을 바라보는 시각에 있어서 그녀와 이혁 사이에는 넘기 힘든 간극이 있었다. 그 간극에 대해 이야기하기 시작하면 아마도 죽음에 관한 철학 서적 하나가 만들어질

지도 몰랐다.

이혁은 그런 책을 만들고 싶은 마음이 없었고, 하루카는 그럴 마음의 여유를 갖지 못했다.

십여 분간 말없이 걸음을 옮기던 이혁이 불쑥 입을 열었다.

"하나 물어봐도 되겠소?"

한 걸음 뒤에서 그를 따르던 하루카가 눈을 깜박이며 대답했다.

"뭔데요?"

"루이가 당신을 소개할 때부터 궁금했던 건데, 어떻게 일본 사람인 당신이 이곳 토박이보다 아까 그 계곡을 비롯한 삼비사 숲의 지리를 더 잘 알게 된 거요?"

"……."

대답은 금방 나오지 않았다.

하루카의 몸에서 흘러나오는 기운이 급격하게 요동친다는 걸 깨달은 이혁이 슬쩍 고개를 돌려 뒤를 돌아보았다. 하루카는 피가 나도록 입술을 깨문 채 격해지려는 숨결을 간신히 억누르며 걸음을 옮기고 있었다.

그리고 눈꺼풀이 반쯤 내려간 채 땅을 보고 있는 그녀의 눈은 말로 설명하기 어려운 어떤 감정으로 인해 폭풍에 휘말린 갈대처럼 쉴 새 없이 흔들렸다.

이혁은 자신이 질문을 잘못했다는 것을 깨달았다. 그의

질문은 하루카의 내면 깊숙한 곳에 감춰두었던 무언가를 송곳처럼 찌른 것이다.

그는 어색하게 헛기침을 하며 말했다.

"흠… 그저 궁금했을 뿐이오. 곤란하면 굳이 대답할 필요 없소."

"훗… 곤란할 것까지야……."

뉘앙스가 미묘한 작은 웃음소리와 함께 중얼거리듯 운을 뗀 하루카가 말을 이었다.

"난 어렸을 때부터 곤란한 상황에 빠져 있는 사람들을 돕는 게 좋았어요. 내 작은 노력이 그들에게 도움이 되었을 때는 정말 기쁘고 행복했죠. 그래서인지 복지와 관련된 직업 외에는 눈에 들어오지 않았어요. 대학도 관련 학과를 갔고 그 계통에서 자원봉사를 하면서 지내다가 우연한 계기로 제3세계 국가들의 인권에 관심이 생겼죠. 그래서 2학년 때부터는 엠네스티 일본 지부에 가입해서 일을 했어요. 그곳에서 나이지리아에서 일본으로 유학을 온 친구를 만났죠."

그녀의 눈빛이 깊어졌다.

이혁은 묵묵히 걸음을 옮기며 귀를 기울였다.

드문 경우이긴 했지만 인권에 관심을 가졌다고 해서 특별할 것까지는 없었다.

하루카의 분위기가 점점 무거워져 갔다. 그것은 앞으로

이어질 그녀의 이야기가 방금 전까지 말한 것처럼 평범하게(?) 흘러가지는 않을 거라는 걸 알려주고 있었다.

"그 친구를 통해 군부독재와 민주주의 정부가 반복되고, 북부 이슬람과 남부 기독교 세력이 서로를 죽이고 있는… 더해서 이슬람 근본주의를 표방하는 무장 단체의 무자비한 폭력에 고통받는 나이지리아 북부 사람들의 상황을 알게 되었죠."

고개를 든 하루카와 눈이 마주친 이혁은 그녀의 눈빛이 어딘지 공허하다는 느낌을 받았다.

하루카의 말이 이어졌다.

"나는 나이지리아에서 무언가 도움이 되는 일을 할 수 있을 거라는 생각이 들었어요. 시간이 흐를수록 그 생각은 강해져서 일종의 믿음처럼 되었죠. 망설일 이유는 없었고, 나는 나이지리아에 왔어요."

그녀는 긴 한숨을 내쉬고는 잠시 입을 열지 않았다. 몇 번이나 입술을 달싹이면서도 쉽게 말문을 열지 못했다.

이혁은 기다렸다. 사실 그가 지금 할 수 있는 건 그것밖에 없기도 했다.

"처음 내가 자리를 잡은 건 남부의 이모주였어요. 북부도 그렇지만 그곳의 인권도 끔찍할 정도로 열악하죠. 먹을 것이 없는 소녀들이 성을 팔고, 자신이 낳은 아기까지 팔아요. 그 아기들은 자라서 노예처럼 일하거나 여아들은 성노예로 살게 되죠. 개중에는 장기 적출을 당하거나 광신도들에 의해 제물로 희생당하는 경우도 있어요. 이곳에서 활동하는 인권 단체와 연계해서 1년 정도 이모주에서 일한 후 나는 보르노주로 왔어요."

이혁이 그녀를 돌아보았다.

그녀의 목소리가 가늘게 떨리고 있었다.

"내가 자리 잡은 곳이 바로 아메네가 납치된 치복이었어요. 그곳에서 반년쯤 일했을 때 나도 아메네와 같은 경우를 당했어요."

뜻밖의 말에 이혁의 눈썹이 꿈틀거렸다.

"납치되었다는 말이요?"

하루카는 고개를 끄덕이며 뒤를 한번 돌아보았다. 그 방향은 계곡이 있는 곳이었다.

"트럭의 짐칸에 태워진 나는 머리에 검은 보자기가 씌워진 채 이동되었고, 몇 군데 옮겨 다니다 마지막으로 도착한 곳이 바로 그 계곡이었어요. 나는 그곳에서 3개월을 잡혀 있다가 탈출할 수 있었어요."

한 마디를 할 때마다 하루카는 입술을 깨물곤 했다.

이혁은 그녀가 왜 자신의 질문에 대답하기 힘들어 했는지 이해할 수 있었다.

하루카가 그에게 물었다.

"궁금하지 않나요? 내가 3개월 동안 그 계곡에서 어떻게 살았는지?"

이혁은 고개를 저었다.

"전혀."

하루카는 피식 웃었다.

"거짓말을 잘 못하는군요."

"……."

"나는 3개월 동안 하루에 열 번도 넘게 강간을 당했어요. 어떤 날은 삼사십 명의 남자를 상대해야만 했죠. 자궁이 헐고 피고름이 맺혀도 그들은 아랑곳하지 않고 나를 강간했어요. 그들은 나를 장난감처럼 가지고 놀면서 굉장히 즐거워하더군요. 동양 여자는 처음이라면서 말이죠. 아직도 나는 매일 밤 꿈속에서 그들을 봐요."

참혹하기 그지없는 내용이었지만 놀랍게도 하루카는 말을 이어가며 처음의 흔들림이 거짓말이라고 느껴질 정도로 평정을 되찾아갔다.

"그 일을 겪고 나서야 나는 깨달을 수 있었어요."

"무엇을 말이요?"

"내가 진실로 고통받는 사람들의 삶을 제대로 알고 있지 못했다는 것을요."

그녀의 목소리에는 힘이 담겨 있었다. 그것은 자신의 삶에 대한 확신을 가진 사람만이 가질 수 있는 힘이었다.

그녀가 말을 이었다.

"보고 느끼는 것과 직접 겪는 건 하늘과 땅만큼이나 차이가 크더군요. 엠네스티와 이곳 인권 단체 활동가들은 내게 일본으로 돌아가라고 권했지만 난 이곳에 남았어요. 떠날 수가 없었어요. 내가 겪은 것보다 더 참혹한 일을 당하며 살고 있는 사람들을 외면한 채 살아갈 자신이 없었거든요."

이혁은 하루카가 새삼스러웠다.

나이지리아는 현재 지구상에서 가장 험악한 지역 랭킹 5위 안에 충분히 들어가고도 남을 것이 분명한 지역이었다.

그런 지역에서 인권 활동을 하고 있는 여자라는 것만으로도 범상한 사람은 아니었다. 그리고 그녀는 상상한 것보다 더 강한 여인이었다.

그의 눈빛이 깊어졌다.

그가 계곡으로 향할 때 하루카는 그에게 안에 있는 십대 무장 단체 대원들을 죽이지 말아달라고 부탁했었다. 그때 이혁은 하루카가 비현실적이고 감상적이라는 느낌을 받았다.

안에 감금되어 있는 여인들을 구하고 또 그녀들을 계속 안전하게 하기 위해서는 살아 있는 적이 있어서는 안 되었다.

그는 몇십 명의 여인을 보호하며 움직일 수 없는 상황

이었다. 남은 여인들만으로 살아남은 무장 단체 대원들을 감시해야 했다. 하지만 심신이 피폐한 여인들은 무장 단체 대원들을 통제할 수 없을 게 뻔했다.

그가 여인들이 안전한 곳에 도착할 때까지 이동을 책임질 수 있다면 얘기는 달랐겠지만 상황은 그렇게 한가하지 않았다. 이곳에서 생활하며 험한 일을 많이 겪은 하루카도 그 정도는 충분히 짐작할 수 있을 거라고 생각했다.

그런데 당연히 찬성하리라고 생각했던 그녀가 무장 단체 대원들을 죽이는 것에 반대한 것이다.

그가 그녀를 감상적이라고 생각한 건 그 때문이었다. 하지만 이제 그는 그녀를 다르게 볼 수밖에 없었다.

그녀는 상황을 몰라서 그런 부탁을 했던 게 아니었다. 그처럼 무참한 일을 겪고도 그녀는 여전히 사람의 생명을 귀하게 여기고 있었던 것이다.

더구나 그곳에 있는 자들 중에는 그녀를 강간한 자가 포함되어 있을지 모르는데도.

이혁은 묵묵히 걸음을 옮겼다.

'세상에는 아직도 사람다운 사람들이 그렇지 않은 인간들보다 더 많다……'

앞으로 나아가며 그는 고개를 들어 하늘을 보았다.

방금 그의 뇌리에 떠오른 말은 그가 한 마리 아니었다.

그가 아주 귀찮아하는 누군가가 입에 달고 사는 것이었다.

'네 녀석 말이 맞을지도 모르겠다…….'

그는 속도를 조금 늦추었다. 그리고 하루카와 어깨를 나란히 했다. 힐끗 돌아본 그의 눈에 하루카의 강하면서도 고운 얼굴의 옆선이 들어왔다. 그녀는 똑바로 앞을 보고 있었다.

정면으로 시선을 돌리는 그의 무표정하던 얼굴에 보일 듯 말듯 희미한 미소가 떠올랐다.

'멋진 동료로군.'

*　　　　*　　　　*

"무크와 연락이 되지 않는다고?"

"예, 보스."

부하의 대답에 유스푸는 눈살을 잔뜩 찌푸리며 열린 밖으로 시선을 돌렸다.

그가 있는 곳은 수십 개의 동굴 중에서 중앙에 위치하고 있는 것으로 땅에서 4, 5미터 정도 위쪽에 있었다.

그리고 십여 명이 한꺼번에 들어가도 여유가 있을 만큼 넓었다.

거기서 밖을 보면 내부에 수십 개의 구멍을 보유한 거

대한 동굴 내부가 한눈에 들어왔다.

동굴의 입구는 높이가 6, 7미터는 되었고, 폭도 트럭 두 대가 들어올 수 있을 정도였다.

입구 너머로는 수십 미터 높이의 거목들이 울창한 가지를 드리우고 있어서 하늘에서 이곳을 발견하는 건 불가능했다.

그리고 거목들이 만들어 준 자연의 그늘을 벗어나면 아래쪽을 향해 난 길이 보였다.

동굴은 그리 높지 않은 산봉우리의 중턱에 자리 잡고 있었다.

주변 1킬로미터 이내에는 이곳보다 높은 봉우리가 없어서 시야 확보가 용이했고, 침입하기는 어려운 천연의 요새라 할 수 있는 장소였다.

유스푸가 여기에 자리 잡은 7년 동안 정부군은 이곳을 발견하지 못했다. 설령 알고 있는 자가 있더라도 이곳까지 군대를 보내는 어리석은 짓은 하지 않았을 것이다.

유스푸는 정부군 일개 사단이 몰려와도 몰살시킬 자신이 있었다. 동굴만이 그를 보호하는 것이 아니었다. 삼비사 숲 전체가 그와 부하들을 지켜주고 있었다.

조직에서 그가 최상위자는 아니었지만 그가 맡고 있는 숲의 북부 지역에서 만큼은 그가 왕이었다.

무크는 그런 그의 오른팔과 같은 사내였다. 전투력은

보잘것없었지만 누구보다도 충성심이 강했다. 그리고 여자를 다루는데 일가견이 있었다.

그래서 유스푸는 하렘을 만들고 지키는 역할을 무크에게 맡겼다. 그런 무크와 벌써 30분이나 연락이 되지 않고 있었다.

"애들을 보내 그곳에 무슨 일이 생겼는지 알아봐."

유스푸의 음성은 분노와 희미한 불안으로 인해 무겁게 가라앉아 있었다.

숲에 자리 잡은 지난 세월 동안 이런 적은 없었다.

"알겠습니다."

부하는 짧게 대답하고는 밖으로 뛰어나갔다. 그도 이상하다는 생각이 든 터라 마음이 급해져 있었다.

곧 한 대의 트럭이 뒤에 대여섯 명의 남자를 태우고 거친 소음과 함께 동굴 밖으로 달려나가는 것이 유스푸의 눈에 들어왔다.

*   *   *

불어오는 바람이 셌다.

가는 나뭇가지와 잎들이 몸을 떨어대는 소리와 수풀들이 서로 부딪치는 소리들로 숲은 가득 찼다.

숲이 고요할 거라는 소리는 모르는 사람의 헛소리였다.

지금 삼비사 숲은 시장 바닥보다 더 시끄러웠다.

바람을 온몸으로 받으며 묵묵히 걸음을 옮기던 이혁의
눈이 번뜩였다.

그가 하루카의 어깨를 잡았다.

"차 소리가 들리는군, 트럭 한 대요."

하루카는 어리둥절한 얼굴로 이혁을 돌아보았다. 그녀
는 귀에 온 신경을 모았지만 들리는 소리는 바람이 불 때
마다 흔들리는 숲의 거친 소음들뿐이었다.

"그런 소리는 들리지 않는……."

이혁은 흰 이를 드러내며 소리 없이 웃었다. 그는 손으
로 북동쪽을 가리키며 말했다.

"500미터 정도 떨어져 있소. 우리 쪽으로 달려오는 중
이요."

"예?"

삼비사 숲은 잘 알려진 열대 우림 지역이다. 잡목과 수
풀이 엄청나게 우거졌고, 거목들이 숲을 가득 채우고 있
었다.

숲이 내는 자연적인 소음과 환경 때문에 평지보다 소리
가 전달되는 반경이 형편없이 짧았다. 더구나 지금처럼
바람이 심하게 불 때는 더욱 그랬다.

그런 것을 잘 알고 있는 하루카에게 트럭이 내는 소리
라 해도 500미터 밖에서 나는 게 들린다는 이혁의 말이

쉽게 믿어질 리가 없었다.

　하지만 곧 그녀는 자신의 의문을 접었다.

　눈앞에 있는 남자에게 상식과 보통의 잣대를 들이대는
게 얼마나 의미 없는 짓인지 생각이 났기 때문이었다.

제11장

이혁은 나란히 걷던 하루카를 뒤에 세우고 앞장섰다. 그녀는 얌전한 새색시처럼 군말 없이 그를 따랐다.

　안내할 때는 그녀가 이혁보다 나은 점이 분명 많았다.

　이혁이 아무리 살기를 흘려 숲 속의 맹수나 뱀들을 접근하지 못하게 만든다 하더라도 숲에는 짐승만 있는 게 아니었으니까.

　꽉 막힌 듯한 장소에서도 하루카는 길을 찾아냈고, 목이 마르다 싶을 때쯤이면 샘물과 개울로 이혁을 이끌었다. 낮이라 별도 없고 나침반을 갖고 있는 것도 아닌데 울창한 숲 속에서 귀신처럼 방향을 찾아냈다.

　하지만 적이 나타나면 상황은 백팔십도 달라진다.

　처음과 달리 이제 그녀는 이혁의 지시에 철저하게 따르

도록 변했다.

전투 시에 이혁은 절대적인 의지처가 되었고, 완벽하게 신뢰할 수 있는 남자였으니까. 무서울 정도로 냉혹하고 잔인한 손속이 가끔 살을 떨게 만들긴 했지만.

트럭은 다가오고 있었고 이혁과 하루카는 다가가고 있었다.

두 사람은 50미터를 전진하기도 전에 트럭이 다닐 수 있는 길과 만났다.

불도저로 대충 밀어 만든 듯한 길이라 패인 곳도 많고 어른 머리통만 한 돌들이 굴러다니긴 해도 폭은 제법 커서 트럭 한 대가 지나가는 데는 전혀 문제가 없었다.

이혁은 하루카와 함께 둘레가 2미터는 넘어 보이는 커다란 나무 뒤에 몸을 숨겼다.

짐칸에 터번과 두건으로 얼굴을 가리고 자동소총을 든 사내 여섯 명이 탄 트럭이 불과 수십 미터 앞에서 덜컹거리며 달려오고 있었다.

이혁의 입가에 미소가 떠올랐다.

길을 제대로 잡고 왔다는 걸 저들이 확인해 준 것이다.

그는 허리를 숙여 땅바닥에 굴러다니고 있는 지름 3, 4센티미터짜리 돌 두 개를 집어 들었다.

하루카는 그가 무엇을 하려는지 알 수 없어 눈만 깜박거리며 그를 지켜보았다.

이혁은 그녀를 향해 싱긋 웃어 보였다.

"야구 좋아하오?"

"몇 해 동안 보지 못하긴 했지만 좋아하긴 해요. 왜요?"

그녀는 곧 무슨 일이든 벌어질 게 틀림없는 이런 급박한 상황에서 뜬금없이 야구 이야기를 하는 이혁이 이해가가지 않았다.

"그동안 너무 야박하게 대한 것 같아서 서비스 좀 해줄까 생각 중이오."

"서비스요?"

갈수록 더 이해가 가지 않는 말이었다.

이혁은 소리 없이 웃으며 하루카에게 윙크를 했다.

"잘 보시오. 야구 역사상 전무후무할 최고의 강속 마구를 보여주겠소."

그들이 대화를 나누는 동안 트럭은 25미터 앞까지 다가와 있었다.

이혁은 손에 든 두 개의 돌을 손가락 사이에 끼운 후 왼발을 가슴까지 들어 올리며 투구 모션을 취했다.

하루카는 그제야 이혁이 왜 그런 말을 했는지 알아차렸다.

그 순간 이혁이 허리를 슬쩍 퉁기며 힘차게 오른손을 뿌렸다. 혈우팔법에 속한 폭뢰경혼추의 기운을 담은 돌이

미사일처럼 그의 손을 떠났다.

쐐애액-

허공이 찢어지는 듯한 비명을 지르며 진저리를 쳤다. 동시에 두 가닥의 번개가 지면과 수평을 이루며 공간을 갈랐다.

일직선으로 날아가던 두 개의 돌은 트럭과 5미터 떨어진 지점에서 거리를 넓히며 제 갈 길로 갔다.

하나의 돌에 바퀴 하나.

콰쾅-!

폭탄에 맞은 것처럼 바퀴 두 개가 터져 나가자 트럭이 전기에 맞은 개구리처럼 허공으로 몇 미터는 튀어 올랐다가 한 바퀴 돌며 땅에 거꾸로 처박혔다.

하루카의 입이 저절로 벌어졌다.

지면과 부딪칠 때의 충격으로 뒤집어진 트럭은 심하게 우그러졌다.

그 옆에 세 명의 남자가 쓰러진 채 꿈틀거리는 것이 하루카의 눈에 들어왔다.

그들은 짐칸에 타고 있다가 폭발의 와중에 튕겨 나간 자들이었다. 다른 자들은 빠져나오지 못하고 차에 깔렸다.

"으으으……."

"크흑."

그들과 차에서 빠져나오지 못한, 살아남은 자들이 지르

는 고통스런 신음 소리가 간헐적으로 들려왔다.

하루카가 그들을 보았을 때 이혁은 이미 바람같이 뛰쳐
나가고 있었다.

그녀는 자신을 스쳐 지나가는 그의 옆얼굴을 언뜻 볼
수 있었다.

그녀의 안색이 창백하게 변했다.

이혁의 얼굴은 무표정했고, 눈빛은 서늘했다.

하루카는 이혁의 저런 표정이 무엇을 하기 전에 나타나
는지 이제는 알고 있었다.

2십여 미터를 몇 걸음만으로 단축한 이혁이 쓰러진 자
들의 심장을 짚으며 이동했다.

그의 움직임은 물이 흐르듯 막힘이 없었고, 눈으로 보
기 힘들 정도로 빨랐다. 그리고 그가 세 번째 남자의 가슴
에서 손을 떼는 것으로 시체 세 구가 늘어났다.

세 남자의 목숨을 거둔 후 이혁은 바닥에 아무렇게나
떨어져 있는 소총을 집어 들었다. 러시아제 AK-47이었
다.

AK-47 칼라시니코프는 1947년도에 처음 생산된 골
동품 총이다. 하지만 아직도 제3세계의 무장 단체들을 비
롯한 공산권 국가들 사이에서 높은 인기를 유지하고 있는
소총이다.

고장률이 낮고 아이들도 쉽게 배울 정도로 사격법이 단

순하기 때문이다.

그는 연발로 되어 있는 칼라시니코프의 조종간을 단발로 바꾸었다. 그리고 트럭의 운전석 창문을 통해 안을 보며 방아쇠를 당겼다.

탕탕!

두 발의 총성이 울렸다.

이혁은 바로 소총의 조종간을 연발로 바꾸고 뒤집힌 짐칸 밑으로 소총을 집어넣었다.

타타타타타타탕!

그는 탄창이 비워질 때까지 방아쇠를 당기며 총구로 빗자루질을 하듯 짐칸 전체의 바닥을 훑었다.

일어선 그는 소총을 버렸다.

그와 하루카 외에 더 이상 숨을 쉬는 자는 존재하지 않았다.

그는 고개를 돌렸다.

하루카가 그의 뒤 2미터 정도 떨어진 곳까지 다가와 그를 보고 있었다. 그녀는 아무 말도 하지 않고 앞으로 걸어 나갔다.

이혁이 그 뒤를 따랐다.

하루카는 길의 바로 옆 숲 속으로 들어갔다. 바늘을 따르는 실처럼 이혁도 숲으로 들어갔다.

백여 미터를 걸었을 즈음 하루카가 불쑥 입을 열었다.

"사람 죽이는 게 즐거운가요?"

이혁은 풀썩 웃었다.

"홋, 그럴 리가 있겠소."

"당신의 결정에 간섭하고 싶지는 않지만 그렇게까지 해야 하는 이유가 궁금해요. 짐칸에 갇혀 있던 사람들은 심하게 다친 데다, 어차피 누군가 트럭을 뒤집어 꺼내주기 전에는 빠져나올 수 없는 상태였잖아요."

이혁은 고개를 끄덕였다.

그녀가 어떤 생각을 하고 있는지는 처음부터 알고 있었다. 이해도 했다. 단지 그의 신조와 맞지 않을 뿐이었다.

그가 말했다.

"나는 전장에서 적을 살려두지 않소. 자비를 베풀고 뒤통수에 총알이 박히는 것보다는 그게 낫거든."

고개를 돌려 그를 보는 하루카를 향해 그는 싱긋 웃어 보이며 말을 이었다.

"그리고 내가 처음에 했던 말을 잊지 마시오. 나는 히어로가 아니오. 냉정하게 판단한다면 오히려 잔혹한 살인마에 가깝소. 이유 없는 살인을 하지 않을 뿐……."

하루카는 나직한 한숨을 쉬며 고개를 끄덕였다.

"잔혹한 살인마……."

혼잣말하듯 말을 받은 하루카는 적을 상대할 때의 이혁

을 떠올렸다. 무표정한 얼굴, 속을 알 수 없는 눈빛, 한 치의 망설임도 없는 무자비한 손길, 살아 있는 자를 끝까지 색출해서 제거하는 냉혹한 발길.

그녀가 말을 이었다.

"너무 솔직하군요. 이해했어요. 아주 잘……."

두 사람은 입을 다물고 걸음을 옮겼다.

목적지가 얼마 남지 않았다.

*　　　　　*　　　　　*

인도네시아 수도 아부자.

나이콘 럭셔리 호텔은 쉐라톤, 힐트과 함께 아부자의 삼대고급호텔 중 하나로 꼽힌다. 그곳 7층의 한 방에서 작은 소란이 일어났다.

"오랜만이야, 제라드."

눈썹을 잔뜩 찌푸린 채 거실 탁자 위에 놓인 노트북 화면을 쳐다보며 바쁘게 자판을 두드리고 있던 삼십대 중반의 남자는 갑작스럽게 등 뒤에서 들려오는 목소리에 깜짝 놀라 벌떡 일어섰다.

우당탕.

그 서슬에 앉아 있던 의자가 벌컥 뒤로 넘어졌다.

문 앞에는 눈이 부실 정도로 아름답고 늘씬한 금발의

미녀가 서 있었다.

보라색 실크티에 빈티지 청바지를 걸친 그녀의 몸매는 완벽했고, 전신에서 싱그러운 젊음이 초원의 향기처럼 흘러나왔다.

대단한 미녀였지만 그녀를 본 사내의 눈은 귀신이라도 본 것처럼 금방이라도 튀어나올 것 같았다.

그의 넉넉한 볼 살이 푸들거리며 떨렸다.

처음에는 당황한 듯 허둥거리는 눈빛이었지만 그는 곧 힘차게 두 팔을 허벅지에 붙이며 부동자세를 취하고 고개를 숙였다.

"미스 레나, 여긴 어떻게……?"

반가운 척하려고 억지로 들뜬 목소리를 내고 있었지만 175센티미터의 보통 키에 150킬로그램은 넘을 게 분명한 푸짐한 몸에서는 쉴 새 없이 식은땀이 솟았다.

프랑스에서 산 푸른색 샤넬 셔츠가 비를 맞은 것처럼 땀으로 푹 젖는 데는 몇 초 걸리지도 않았다.

레나는 대답 대신 제라드를 노려보며 물었다.

"뚱보, 알아서 뭐하게. 그 사람 어디 있어?"

제라드는 바지 뒷주머니에서 손수건을 꺼내 이마의 땀을 닦았다.

레나가 무엇을 묻고 있는지 모를 리 없는 그였다. 지난 몇 년간 그녀는 그를 볼 때마다 똑같은 질문을 했다.

그리고 대답을 지체했다가 진심으로 그가 세상에서 가장 좋아하는 친구이자 신처럼 존경하는 보스보다 여자란 족속이 더 무섭고 냉혹할 수도 있다는 걸 온몸으로 깨닫는 경험을 했다.

그는 다시 그런 경험을 하고 싶은 생각은 눈곱만치도 없었다.

보스도 이해해 줄 것이다.

그가 즉시 대답했다.

"아마 삼비사 숲에 계실 겁니다."

레나의 깎은 듯 고운 미간이 좁혀졌다.

그녀는 고개를 갸웃하며 물었다.

"삼비사? 그 뱀 숲에? 거기엔 왜 갔어?"

"사람을 구하러요. 돈도 벌고……."

"누굴?"

"아메네라는 열다섯 살 소녀입니다."

못들을 말이라도 들은 것처럼 레나는 멍한 표정이 되었다.

"여자애를 구하러 뱀 숲에 갔다고, 그가? 지난 5년 동안 들었던 말 중에 가장 황당한 얘기인 것 같은데… 진짜야?"

"미스 레나에게 거짓말은 하지 않습니다."

제라드는 진지한 얼굴로 대답했다.

'저는 또 지옥을 보고 싶지는 않거든요.'

레나의 눈에서 조금씩 불길이 이글거렸다.

"그새 그의 취향이 변한 거야? 로리콘으로?"

이번에는 제라드가 멍해졌다. 그는 내색하지 않으려 애쓰며 속으로 한숨을 푹푹 쉬었다.

레나는 천재 급의 두뇌를 소유하고 있었지만 보스와 관련된 일에는 완전히 바보가 되곤 했다. 방금처럼 어처구니없는 질투 때문에 사리 판단 능력이 백치 수준이 되기도 하고.

"보스의 여자 취향은 여전합니다. 아름답고, 우아하며, 늘씬하고, 마음 편하게 해주는 긴 생머리의 글래머가 이상형이죠."

레나의 얼굴에 안도의 기색이 떠올랐다.

그녀는 제라드가 말한 그대로의 모습을 하고 있었다.

"그것도 아니면 뭐야?"

"청부를 받았습니다."

"아… 청부… 그렇겠군."

레나는 고개를 끄덕였다. 청부라면 충분히 이해가 갔다.

지난 수년간 '그'가 청부를 해결하면서 경험을 늘리고 부를 축적해 왔다는 것을 잘 알고 있었기 때문이다.

"언제, 어디서 만나기로 했어?"

"예정은 사흘 뒤 이곳에서입니다만… 그건 예정이고요. 미스 레나도 아시다시피 보스는 마음 가는 대로 사는 분이라… 예정이 어떻게 바뀔지는 알 수가 없어서……."

제라드는 말끝을 흐렸다.

레나는 제라드의 눈을 똑바로 보며 그에게 걸어갔다.

"제라드, 우리 좀 깊은 얘기를 나눠야 할 거 같지 않아?"

"저는 벼… 별로……."

레나는 오른손을 내밀었다. 그녀의 손바닥에서 불꽃과도 같은 흰 섬광이 신기루처럼 피어올랐다.

그것을 본 제라드의 얼굴이 사색으로 변했다.

그는 즉시 말을 바꾸었다.

"저도 미스 레나에게 기꺼이 드리고 싶은 말씀이 아주 많습니다."

*　　　　*　　　　*

유스푸가 이끄는 무장 단체가 근거지로 삼고 있는 동굴은 계곡보다 쉽게 찾을 수 있었다.

차량의 왕래가 가능한 길이 동굴 입구로 연결되어 있으니 그건 당연한 일이었다.

하지만 그곳까지 들키지 않고 가는 건 이혁이 아니었다

면 불가능했을 것이다.

동굴에서 3킬로미터 떨어진 지점부터 경계하는 자들이 있었다.

그들은 거대한 나무 위에 올라가 나뭇잎으로 몸을 숨기고 있거나, 나무 밑동의 구멍에 들어가 있거나, 비트를 파고 그 안에 웅크린 채로 접근하는 모든 것을 감시하고 있었다.

그들은 허락받지 않고 접근하는 자가 눈에 띈다면 조종간을 연발로 놓은 자동소총으로 산산조각을 내겠다는 각오가 충만한, 살기 띤 눈을 하고 있었다.

하루카는 이혁의 뒤를 따르며 진심으로 감탄했다.

이혁은 직진해도 되는 길을 빙 둘러 우회하거나 낮은 포복으로 기어가곤 했다. 그가 그런 식으로 움직이면 가까운 어느 곳엔가 반드시 경계를 서고 있는 자들이 있었다.

경계병들은 숲 속에 은밀하게 몸을 숨기고 있어 하루카는 보기는커녕 느낄 수조차 없었다. 그러나 그들은 이혁까지 속이지는 못했다.

하루카가 이혁과 지난 길 뒤에 경계병들이 숨어 있었다는 것을 알아차리는 건 정말 쉬운 일이었다.

불과 몇 미터 떨어지지 않은 곳에서 숨이 끊어진 자들이 땅에 쓰러지는 소리를 들으면 되었으니까.

동굴 입구에는 무장한 십여 명의 남자가 모여 경계를 서거나 담배를 피우며 잡담을 하고 있었다.

그들을 보며 하루카가 말했다.

"저곳은 계곡과는 달라요. 경계도 철저하고 무장 수준도 훨씬 뛰어나요. 당신이 수를 줄여놓긴 했어도 아직 백 명이 넘는 자들이 안에 있을 거예요."

이혁은 하루카에게 고개를 돌리며 싱긋 웃었다.

"숫자와 무기로 전투를 하는 건 저들 방식이지, 내 방식은 아니요. 그리고 내 방식의 전투가 훨씬 낫다는 걸 이제는 당신도 알지 않소?"

하루카는 고개를 끄덕였다.

수긍하지 않을 도리가 없었다. 몇 번이나 직접 눈으로 보았으니까.

이혁은 눈을 반쯤 감았다.

그가 있는 곳은 동굴에서 백여 미터 떨어진 거대한 나무의 뒤였다. 그곳을 경계하던 자는 4, 5미터 떨어진 곳에서 시체가 되어 나뒹굴고 있었다.

그의 전신에서 보이지 않는 기의 그물이 흘러나와 잔잔한 파도처럼 동굴을 향해 흘러갔다. 그 기의 그물은 살아 있는 것이라면 어떤 것이든 감지하며 동굴 끝까지 밀려들어 갔다.

3분 정도가 흐른 뒤 이혁의 눈꺼풀이 위로 올라갔다.

그는 무언가 마음에 들지 않는 듯 인상을 썼다.

그의 기색을 본 하루카가 불안해진 얼굴로 속삭이듯 물었다.

"왜 그래요?"

"안에 여자가 없소."

"뭐라고요?"

상식 밖의 대답이었지만 하루카는 어떻게 그걸 알아냈는지는 관심이 없었다. 그녀는 이혁의 말이 갖는 의미로 인해 머리가 멍해질 정도로 충격을 받았다.

"아메네가 없다고요?"

이혁은 고개를 끄덕였다.

와룡천망에 잡히는 건 전부 남자들의 기운이었다.

그가 중얼거렸다.

"여기도 없고 계곡에도 없다… 납치된 건 사실인데……."

이혁의 눈동자가 섬뜩한 푸른빛으로 물들었다. 그의 얼굴은 석고상처럼 무표정하게 굳어 있었다.

하루카는 이혁이 화가 났다는 것을 직감했다.

"어떻게 하려고요?"

"우리 둘이 생각해 봐야 답이 나올 일이 아니오. 하지만 저 안에는 아메네가 어디 있는지 아는 자가 있지 않소?"

"유스푸?"

"그렇소, 그자를 잡아 물어보면 될 거요. 모르지는 않겠지."

"그자도 모른다면요?"

이혁은 흰 이를 드러내며 소리 없이 웃었다.

"아메네의 행방을 아는 자가 나올 때까지 그녀의 납치와 관련된 자들은 전부 나의 방문을 받게 될 거요."

하루카는 잠시 숨을 쉬지 못했다.

정체를 알 수 없는, 하지만 전신에 소름을 돋게 만드는 무언가가 그녀의 심장박동을 정지시켰던 것이다.

이혁은 자신이 흘린 살기에 하루카가 직격당했다는 것을 알아차렸다. 그는 바로 살기를 거두었다.

"후욱······."

하루카는 길게 숨을 내쉬며 손으로 가슴을 눌렀다.

이혁은 그녀의 어깨에 손을 얹었다. 그의 손을 통해 흘러들어간 기운이 하루카의 심신을 빠르게 안정시켰다.

그가 말했다.

"잠시 이곳에서 기다리시오. 아메네의 행방에 대해서 알 만한 자를 데리고 오겠소."

하루카는 말을 하지 못하고 고개만 끄덕였다.

곧 익숙해진 장면이 그녀 앞에서 펼쳐졌다.

그녀를 향해 슬쩍 윙크를 한 이혁의 몸이 아지랑이처럼

흐릿해지다가 시야에서 사라진 것이다.

　이혁은 암향부동으로 몸을 감추고 사신암행과 암행보를
함께 펼치며 빠르게 동굴의 입구로 접근했다.

　입구까지의 거리는 100미터 정도밖에 되지 않아서 돌
파하는 데는 숨 두어 번 쉴 시간이면 충분했다.

　그렇게 동굴 입구로 접근해 가던 이혁이 갑자기 몸을
멈췄다. 동굴 오른쪽에 파인 커다란 구덩이를 지나가던
참이었다.

　무엇이든 가볍게 여기고 넘어가서는 안 되는 상황에
구덩이를 내려다본 그의 안색이 무서울 정도로 차가워졌
다.

　그가 내려다 본 구덩이 안에는 시신들이 쌓여 있었다.

　시신들의 모습은 괴이했다. 완전히 백골이 된 시신도
있었고, 짓무른 살덩이가 여기저기 붙어 있는 것들도 있
었다.

　이혁은 시신들이 화장당했다는 것을 알 수 있었다. 그
리고 그들이 모두 여자라는 것도. 시신들 중 하나를 본 그
는 마음속이 살기로 가득 차오르는 것을 느꼈다.

　시신은 허리 아래는 타버렸지만 머리와 상체는 일그러
진 채나마 형체를 유지하고 있었다.

　아직 스물이 되지 않았을 것이 분명한 소녀의 얼굴은

공포와 고통으로 끔찍하게 일그러져 있었다.

그것이 의미하는 바는 분명했다.

여인들은 산 채로 불구덩이에 던져져 죽을 때까지 탔을 것이다. 중세도 아니고 마녀도 아닌데 여인들은 산 채로 화형당한 것이다.

'유스푸란 놈, 인신공희(人身供犧)까지 하는 놈이었나.'

살아 있는 사람을 제물로 바치는 인신공희(人身供犧)는 인간의 역사와 함께해 왔다고 해도 과언이 아닌 의식이긴 했다.

그러나 현대에 들어서면서 일부 광신도들에 의해서만 극도로 은밀하게 이루어져 왔다. 발각되면 사형당할 짓이었으니 당연했다.

'지난 1년 동안 이 나라 북부 지역에서 일만에 가까운 시민을 학살하고 수십 개의 마을을 공격해 불태워 버린 자들이라고 해서 제정신이 아닌 줄은 알고 있었지만, 내 생각보다 더 미친놈들이었군.'

이혁은 청부를 수행하면서 적에게 증오를 느낀 적이 거의 없었다.

청부를 가려받긴 했다.

객관적으로 죽어 마땅한 자들이 청부의 목표였고, 그렇지 않은 목표에 대한 청부는 받지 않았다. 그러나 그는 목표가 된 자들을 증오하지 않았다.

많은 사람이 청부 목표를 증오하고 또 죽이고 싶어 한다고 해서 그까지 그럴 이유는 없었다.

그리고 대부분의 청부는 그가 살의를 느낄 계기를 만나기도 전에 완성되곤 했다.

그래서 이번 경우는 특별했다.

그는 진심으로 유스푸란 자와 그가 이끄는 무장 테러 단체에 살의를 느끼고 있었다. 누구도 알지 못했지만 그 의미는 작지 않았다.

지구상에 그의 살의를 막을 수 있는 자가 과연 있을지 의심스러운 가공할 능력을 가진 남자였기 때문이다.

그는 아래로 편하게 내려뜨려 두었던 두 손을 천천히 그리고 활짝 폈다.

스스스스스슷!

부드럽고 기이한 소리와 함께 그의 손가락 끝에서 열 개의 반투명한 홍광을 흘리는 환상혈조가 모습을 드러냈다.

각 혈조의 길이는 25센티미터에 달했다.

그래서 혈조가 온전히 모습을 드러냈을 때 그의 두 손은 영화에 나오는 긴 손톱을 가진 사악한 마녀의 그것처럼 변해 있었다.

이혁은 환상혈조가 흘리는 반투명한 홍광을 감추지 않

았다.

서쪽 하늘을 붉게 물들이며 해가 넘어가는 시간이었다.

노을과 허공에 뜬 채 발하는 혈조의 붉은빛은 기묘하면서도 신비로웠다.

혈조의 홍광을 처음 발견한 자는 동굴 입구에서 경계를 서던 자였다.

그는 10여 미터 앞의 허공을 붉게 물들인 혈조의 홍광을 어리둥절한 기색으로 몇 초 동안 멀건이 쳐다보기만 했다.

아무것도 없었던 허공에 갑자기 등장한 빛은 신기하고 아름답기까지 했다.

광기로 가득한 이곳에서 그 느낌은 굉장히 낯설었다. 그것이 그를 멈칫하게 만들었던 것이다. 하지만 무엇이든 이상한 걸 발견하면 경계신호를 발해야 하는 것이 그의 역할이었다.

흠칫하며 정신을 차린 그는 호각을 입에 물고 세차게 불어댔다.

삐이익─

입구 여기저기 흩어져서 긴장이 풀어진 자세로 경계를 서고 있던 십여 명의 눈빛이 확 변했다. 호각을 분 자가 손을 들어 가리키는 곳을 본 경계병들의 자세가 어정쩡해졌다.

분명 이상한 빛이긴 하지만 그저 허공에 뜬 채 저 혼자 발하고 있는 신비로운 빛뿐이었다.

　침입자는 눈에 띄지 않았다. 그래서 그들은 무엇을 해야 하는지 혼란에 빠졌다. 그들의 잠시간 혼란은 한 가닥 실낱같은 생로조차 없애 버렸다, 설사 그들의 대응이 즉각적이었다 해도 결과는 변하지 않았을 테지만.

　허공에 뜬 채 신비롭게 빛나던 반투명한 홍광이 느릿하게 부챗살처럼 활짝 펴졌다.

　그리고 길고 투명한 꼬리를 만들어내며 10여 미터의 공간을 번개처럼 가로질렀다.

　서걱!

　무언가를 베는 듯한 소음은 한 번이었지만 처음 혈조를 발견한 자의 몸은 수십 조각으로 잘려 나갔다.

　푸확!

　폭죽 같은 핏물을 뿜어내며 사람의 형체를 잃은 그의 신체 조각이 바닥으로 우수수 떨어져 내렸다.

　"#%#!"

　"&*%*!"

　기괴한 비명과도 같은 고함을 지르며 경계병들이 소총의 방아쇠에 손을 가져갔다. 하지만 그들이 방아쇠를 당길 여유는 없었다.

　이혁이 그들에게 그럴 여유를 허락하지 않았기 때문이다.

서걱. 서걱. 서걱!

무언가 잘려 나가는 소리와 함께 십여 곳에서 거의 동시에 시뻘건 핏물이 허공으로 솟구쳐 올랐다.

투둑. 투둑. 투둑.

그로데스크한 소리와 함께 조각난 경계병들의 몸 조각과 피가 비처럼 쏟아졌다.

왜애애앵-

동굴 안쪽에서 날카로운 사이렌 소리가 울렸다.

입구를 감시하는 CCTV는 네 개나 설치되어 있었고, 24시간 교대로 모니터를 보고 있는 자들도 있었다.

경계병들이 죽는 것을 본 CCTV 담당자가 사이렌 버튼을 누른 것이다.

조치는 적절했다. 다만 그 담당자가 반쯤 넋이 나간 채 모니터를 보며 어쩔 줄 몰라 하고 있다는 게 문제였다.

사이렌 소리에 놀란 유스푸와 그의 부관 두 명이 모니터가 설치되어 있는 감시실로 뛰어들어 왔다.

유스푸의 부관인 아마디가 앉아 있는 담당자의 어깨를 거칠게 잡아채며 물었다.

"어떻게 된 일이냐?"

담당자는 손가락으로 모니터를 가리키며 대답했다.

"저… 저기… 경계병들이 전멸했습니다. 그런데… 누

가 그랬는지 화면에 보이지가 않습니다."

옆구리에 찬 권총의 손잡이에 오른손을 올려놓고 모니터 화면을 보고 있던 유스푸가 인상을 찌푸리며 물었다.

"그게 무슨 소리냐?"

어둑해져 가는 동굴 입구 곳곳에는 피가 웅덩이를 이루고 있었다.

그리고 그 웅덩이 속에는 방금 전까지 사람이었으나 이제는 고깃덩이가 된 십여 구의 시신 조각들이 아무렇게나 뒹굴고 있었다.

"사실입니다. 제가 계속 보고 있었는데… 그냥 경계병들의 몸이 저절로 조각났습니다."

퍽!

"미친 새끼!"

유스푸는 주먹으로 담당자의 관자놀이를 세게 후려쳤다.

쾅!

담당자는 의자째로 탁자에 부딪쳤다. 하지만 그는 정신을 잃지는 않았다. 의지의 소산이었다.

지금 정신을 잃으면 유스푸가 권총으로 그의 관자놀이에 구멍을 낼 거라는 걸 잘 알고 있었던 것이다.

그때였다.

"으아악!"

"크악!"

듣는 것만으로도 소름이 끼치는 처절한 비명 소리가 꼬리를 물며 동굴을 뒤흔들었다.

사신이 강림하고 있었다.

〈『켈베로스』 제9권에서 계속〉